금성으로
걸어가는

밤

# 금성으로 걸어가는 밤

발행일      2017년 4월 28일

지은이      장 준 혁
펴낸이      손 형 국
펴낸곳      (주)북랩
편집인      선일영                          편집    이종무, 권혁신, 송재병, 최예은
디자인      이현수, 이정아, 김민하, 한수희      제작    박기성, 황동현, 구성우
마케팅      김회란, 박진관
출판등록    2004. 12. 1(제2012-000051호)
주소        서울시 금천구 가산디지털 1로 168, 우림라이온스밸리 B동 B113, 114호
홈페이지    www.book.co.kr
전화번호    (02)2026-5777                    팩스    (02)2026-5747

ISBN        979-11-5987-551-9 03810 (종이책)    979-11-5987-552-6 05810 (전자책)

이 도서의 국립중앙도서관 출판예정도서목록(CIP)은 서지정보유통지원시스템 홈페이지(http://seoji.
nl.go.kr)와 국가자료공동목록시스템(http://www.nl.go.kr/kolisnet)에서 이용하실 수 있습니다.
(CIP제어번호: CIP2017010089)

---

**(주)북랩** 성공출판의 파트너

북랩 홈페이지와 패밀리 사이트에서 다양한 출판 솔루션을 만나 보세요!
홈페이지 book.co.kr                      1인출판 플랫폼 해피소드 happisode.com
블로그 blog.naver.com/essaybook          원고모집 book@book.co.kr

# 금성으로
# 걸어가는
# 밤

장준혁 시집

북랩 book Lab

# 서문

원래는 올봄에 소설을 쓰려고 했다. 구성과 스토리, 등장인물 등을 써놓고 조금만 더 작업하면 완성할 예정이었지만 도저히 책으로 엮을 용기가 나지 않았다. 그렇게 두 달을 의욕을 잃고 시간을 보냈다. 좋아하는 그림도 그리지 않고 영화도 보지 않고… 그러다 거실과 책방을 잠식해 가고 있는 캔버스들에 눈길이 닿았다. 백 수십 개의 캔버스에 이미 그려진 그리고 앞으로 완성될 그림들이 과연 세상에 빛을 볼 날이 있을까 그래서 주인을 찾아갈 수 있을까 하는…

지난 10여 년간 그림을 그리며 생각해 보지 않았던 잡념들이 머리를 휘감아왔다. 기분 전환이 필요했다. 지금껏 살아오며 좋았던 순간들을 떠올려 보았다. 문득, 제대하던 날 지금은 새로 난 고속도로에 밀려 옛길이 되어버린 강원도 국도를 따라 빠르게 달리는 강원 고속버스 제일 뒤 칸에 전우들과 일렬로 앉아 창문을 열고 찬란한 햇빛과 환영의 박수 세례만 같았던 엄청난 봄바람을 온몸으로 느끼며 달리던 행복한 순간이 떠올랐다.

그런 생각을 하다 엉뚱하게 홀로 한 번도 가보지 않은 목포를 다녀왔다. 꼬막 짬뽕 한 그릇 먹고 바다를 잠깐 둘러보고 버스를 타고 오는 길에 예전 북한강 변을 따라 달리던 그 서울행 버스에서 느꼈던 감정과는 전혀 다른 기분에 휩싸여 '목포행각'이란 시를 버스 안에서 즉흥적으로 써내려갔다. 집으로 돌아와서 새벽에 늘 가는 공원에서 금성과 달을 바라보며 한참을 걷다 잠깐 벤치에서 쉬며 '금성으로 걸어가는 밤'이란 시를 또 빠르게 써내려갔다.

소설과 그림이 안 풀리니 시란 친구가 나를 찾아와 위로해준다는 생각이 들었고 느닷없이 나의 볼품없는 시 친구들에게 시집이란 옷을 입혀주고 싶다는 생각이 들었다. 바로 다음 날 점심에 출판사에 전화를 걸었다. 그리고 또 며칠간을 잠을 안 자며 시들을 썼다.

멋지게 잘 써볼 요량으로 서점에 들러 눈에 띄는 곳에 진열되어 있는 남의 시집들도 두어 권 읽어 보았다. 문학적 아이큐가 낮은 걸까? 서너 번씩 읽어도 도통 이해가 되지 않았다. 분석적인 나는 몇 개의 시를 찬찬히 읽으며 시를 만들어 가는 공식이 따로 있는 건 아닐까 잠시 고민을 해봤다. 은유나 비유의 함수나 방정식, 의미를 쪼개고

더하는 미적분, 단어의 배열, 운율이 정해지는 행렬과 같은 어떤 특정 공식이 있는 건 아닐까 하는… 여러 초벌 시의 문장들을 카지노의 딜러가 카드 섞듯이 셔플해 버리는 묘약과도 같은 비책이 있는 건 아닐까 하고… 그런 생각을 하다 과감히 시집을 덮고, 나의 날 것과도 같은 즉흥적으로 쓰인 시들을 아무런 포상 없이 그냥 담이내기로 했다.

예전에 썼던 시와 시 같지 않은 시로 포장한 잡글(소설이나 수필 같은)들과 급하게 새로 쓴 시들 중에서 덜 슬프고 조금 더 밝은 시들을 골라 원고를 보냈다. 최근 소설을 쓰며 들었던 밝지 않은 생각들이 나를 한동안 무기력하게도 했었지만… 그래도 또 금세 잊고 다시 붓을 들고 뭔가를 그리고 잡글을 써대는 것을 반복하는 내 일상이 결국 닿지 못할 금성과 달을 바라보며 걷는 내 별 밤의 산책과 비슷하다는 생각이 들어 시집의 제목을 '금성으로 걸어가는 밤'으로 정했다. 아무리 걸어도 달과 금성에 닿지는 못하겠지만 내가 금성과 별을 바라보며 그들과 함께 걷는 밤 산책을 사랑한다는 것에 감사하며…

국어 성적 열등자였던 내가 틈틈이 일 년도 안 돼 100편이 넘는 시를 썼다는 것, 전혀 문학적이거나 세련되지는 않지만 그래서 좀 더 쉽게 읽히고 많은 공감과 위로와 행복을 읽는 분들에게 전해드리길 바라며 그리고 시를 사랑

하고 시를 써보고 싶은 분들에게는 희망의 증거가 되기
위해 이렇게 용기를 내어 시집을 세상에 꺼내어 본다.


2017년 봄
장준혁

# 차례

# 금성으로 걸어가는 밤

오래전 실내 짐에서 호기심에 러닝머신을 처음 타본 후
기계에서 내려와 가만히 서 있어도
계속 걸어가고 있는 듯한
마치 다람쥐 쳇바퀴 같은 일상의 관성과 같은
그 이상한 느낌과
어둠과 조명 속에 숨어 있는 먼지들로 가득한
탁한 공기가 싫어
그 이후론 매일 밤 공원에 나와 별을 보며 밤을 걷는다
목을 쭉 쳐들어 시선은 밤하늘에 고정하고
밝게 빛나는 달과 금성을 바라보며 걷는…
외롭지만 별들이 있어 그리고 바람이 불어
외롭지 않은 밤
오늘도 아름답게 빛나는 금성과 달을 뚫어지게 쳐다보며
가까이 있어 같은 종이 위에 그려진 것 같은
달과 금성이 백 배의 거리에 있다는 걸 생각하며
내가 살아가고 있는 얇고 평면적인 일상들을
다시 한 번 입체적으로 그려보고
달, 금성, 지구, 나의 위치와 회전, 우주의 궤도를
생각해 본다

언젠간 언제인간 분명히 이대로 쭈욱 걷다 보면
내가 금성에 다다를 날이 올 거라 최면을 걸고
그곳에 닿으면 열흘만 쉬었다 오리라 다짐한다
금성에서의 하루는 지구의 117일이라는데…
낮과 밤이 그리운 별
낮과 밤이 그리워 슬픈 별
오늘도 금성을 바라보며 걷는 끝이 없는 밤 산책
행복해서 그리워서 아쉬워서 눈물이 나서
더욱 멈출 수 없는
금성으로 걸어가는 이 밤

# 오이도

막걸리 두 통을 마시고
간만에 선릉역에서 전철에 오른다
생선구이 냄새 진동하는 진양상가
허름한 골목에서의 소주 한 잔을 위해
충무로로 터벅터벅 발길을 향하는 나…
복잡한 사당역에서 방향을 잃은 나는
반대편 방향의 기차를 타고 따뜻한
히터 열기에 잠이 든다… 꿈을 꾼다…
꿈속에서 이대로 계속 가다
종착역 오이도에 내리게 되면,
생각지도 못하게 그리운 바다 내음을 맡게 되어
기쁠 것 같다는 생각을 하며,
난 그럼 원래 이곳을 오려 했던 사람처럼
바닷가로 향해 멍게나 밴댕이 회에
시원한 막걸리 한 잔 들이킬 것 같다…
늘 이곳을 그리워했던 사람처럼…

# 길을 걸었지

"길을 걸었지
누군가 옆에 있다고
느꼈을 때
나는 알아버렸네…"
학교 앞 시장 허름한 술집
대학 졸업 모임에서
친구가 이 노래를 부르다
갑자기 엉뚱하게 울었었지
그 생각을 하며
그 날을 떠올리며
바람 부는 추운 신촌 밤거리를
흥얼거리며 홀로 걷는데
휘익~ 불어오는 바람 소리에
나를 따라오는 커다란
검정 비닐 봉지
잠깐 멈춰섰다가
불어오는 바람에
계속 나를 따라오네
내 옆을 지켜주네

…

친구야

잘 살고 있지?

# 분재인간(盆栽人間)


영양분이라곤 하나도 남지 않은
십 년 넘게 창고 어둠 속에 버려진
골동품이 되어가던 화분에 담겨있던
콘크리트처럼 굳어진 흙덩어리를
잘게 부수어 쑥갓 씨앗 몇 알을
심어 보았다
목말라 죽지 않을 정도로
혹독하게 적은 양의 물만을 주었다
건조한 사막을 이겨내는 선인장처럼

커텐이 몇 겹으로 쳐진
칠흑 같은 암실 속에서만
잠을 자는 인화지처럼
깊숙이 가둬 두었다가
석양이 질 무렵 딱 십 분만
어두운 햇빛을 만나게 해주었다

그래도 쑥갓은 싹을 틔우고
상상하기 어려울 정도의
아주 느린 속도로
자라주었다

일 년을 지켜보니
슬프고 놀랍게도
쑥갓의 키는
일 센티미터나 되어 있었다
그래도
원래 쑥갓이 자라는 속도보다
약 칠십 배 정도의 느린 속도로
자라고 있는 것이라고 자위했다
여전히 찬란한 녹색을 뿜내며
온전히 싱그러운 쑥갓 향기를 뿜으며
때론 나를 눈물짓게 하며

보름달이 상서롭게 떠오른 어느 날

나는 커다란 화분에

나를 심는 꿈을 꾼다

밤이슬

가끔 참이슬

그리고 달빛, 별빛에만

의지해서

나는

나를 분재하는

슬픈 상상을 한다

# 나팔꽃

초소에서 내려다보이는 오래된 집

무더운 한낮엔 반가운 그늘이 찾아와

외롭고 쓸쓸한 적막을 깨주던 오래된 집

여름이면 나팔꽃이 만발했다

마당은 넓고 누렇게 변한 창호지가

할머니 손목보다 가는 나무 문살에

너덜너덜 덕지덕지 붙어있는

할머니 나이보다 오래됐을 창호지 문은

여름날 아침이면 나팔꽃처럼

어김없이 환하고 밝게 열렸다

아무도 찾지 않는 홀로 사는 외로운 할머니

따뜻한 햇살, 종달새, 박새의 지저귐,

모닝커피 향처럼 굴뚝 위로 은은히 흩날리던

이웃집 아궁이 장작 타는 냄새

마당에 핀 여름꽃들을 보기 위해

할머니의 창호지 문은 나팔꽃처럼 열렸다

힘들게 소중한 하루를 살아낸 할머니의 방문이

아침을 맞기 위해 열리는 순간은

나팔꽃보다 더한 진정한 모닝 글로리

어느 가을날
할머니의 오래된 창호지 문은
더는 열리지 않았고
겨울이 오기 전 오래된 집은 헐리고
면회객을 위한 근사한 매점이 생겼다
여름이 다시 찾아와도
그 매점엔 더는 나팔꽃은 없었다
오래된 창호지 문이 열리던
진정한 모닝 글로리의 그 순간도
더는 없었다

## 오발탄

새벽 두 시
마시지도 못한 술 향기에 취해
자도 자도 채워지지 않는 잠에 취해
거리의 가로등 네온사인 불빛에 취해
시들어가는 욕망에 취해
바다도 먼 이곳 서울 한복판에서
꺼억꺼억 울어대는 갈매기 울음소리에 취해
눈을 감고
다리에 힘을 풀고
한강대로를 달린다
한강대로를 걸어간다
내 맘처럼
어두운 거리에 세찬 비가 내리고
터벅터벅 비틀거리며 걸어가는
느기적느기적 바닥을 끌며 기어가는
내 자동차, 나의 쪽방, 내 베이스캠프
인적 끊긴 한강대로 거리에
사라진 사람들만큼 억수로 쏟아지는
빗속에서

"TAXI!"

애타게 택시를 부르는 술에 취한 아가씨

살 곳 없는 난 차창에 부딪히는 빗소리를 들으며

멋진 아가씨를 바라본다

"TAXI! 해방촌이요!"

…

그래

가자!

삼각지에서 좌회전해서 해방촌으로 갑시다

오발탄이어도 좋습니다.

그래

가자!

# 알코올 중독자

집에서는
술을 마시지 않겠다고
다짐했던
어느 알코올 중독자
작은 생수병을
비우고
소주를 담아
다른 여러 생수병들과
함께 냉장고에
몰래 감춰두었다
그 후로
술을 물처럼 마시는
알코올 중독자는
소주가 담긴
생수병을
찾아낼 수 없었다
찾아낼 이유도 없었다

# 능숙한 슬픔

시원한 막걸리가 불러 들른 실내 포차
처음 보는 아르바이트 여학생
기본 찬과 술잔을 서빙하다 살짝 스친 여린 손
아니 거칠고 고단한 소녀의 어머니 손
오돌뼈 안주에 막걸리를 마시며
흘끔흘끔 그녀를 바라본다
아직은 앳된 소녀를 바라본다
분명 일한 지 얼마 안 되었을 텐데
능숙하고 차분한 일 처리
오래 이런 일을 해 온 듯한 익숙함
무슨 사연이 있길래… 몇 살 때부터…
이런 곳에서 어린 친구들을 볼 때마다
막걸리 기포 떠오르듯 드는 생각들
나이에 맞지 않는 그 능숙함이
오히려 밝고 씩씩한 표정의 얼굴이
말해 주는 능숙한 슬픔
더위를 식히려 술 냉장고 유리문에 등을 기대어 서서
잠깐의 휴식을 즐기는 소녀

갑자기 전화벨이 울리고
어두운 구석에서 흘러나오는 작은 목소리
돈 걱정 말고,
일 끝나고 바로 갈 테니
밥 잘 먹고 있으레이
잘 먹어야 빨리 낫는데이…
눈물도 말라버린 듯 아무 일 없다는 듯
다시 씩씩하고 밝게 서빙하는 그 소녀를
어두운 조명 아래 바라보다
내가 살짝 얼굴을 돌려 대신
익숙하지 않은 눈물을
몰래 흘려 주었다

# 흑백영화

안 불러도 어김없이
또 찾아온 주말
늦은 밤 아니 이른 새벽
벽시계 초침 소리
꺼져가는 내 맥박처럼 우렁차게 울려대는
심심하고도 야속한 밤이면
사냥에 나서는 숲 속의 부엉이처럼
눈을 크게 뜬다 부릅뜬다
손님을 맞듯 창문을 크게 연다
안녕하세요!
이 시간이면 오래된 흑백영화가
상영되는 케이블 채널을 켠다
이내 난
1960년대 종로 거리를 걷는다
대폿집에서 슬픈 표정의 아리따운 여배우와
사랑에 빠지고, 클럽에서 트위스트 춤을 추고
지금은 찾아볼 수 없는 풍경의
광나루, 마포 강변, 남산공원, 광화문 광장에서
사랑을 나눈다

아버지와 함께, 아버지가 되어

이제 그만 보고 자요~

내일 출근 안 해요?

뭔 재미로 그런 옛날 영화를 봐요?

대답 없는 나

창문이 바람결에 저절로 닫힌다.

이제 아버지가 가시나 보다

아무도 찾지 않는 흑백영화가

이제는 볼 수 없는 아버지를

아버지가 걷던 거리를

아버지와 함께했던 기쁨과 슬픔의 사건들을

아버지의 흑백 사진 가득한 앨범처럼

말없이 얘기해 준다

아버지, 안녕히 가세요

다음 주 흑백영화관에서 또 봬요

# 봉은사 설경을 찍으며

사진을 찍고 찍히는걸
좋아했던 푸른 시절이 내게도 있었지
세월이 흐르고
얼굴에 세월의 나이테가 늘어가며
사진 찍히는 것만큼
주위 풍경과 흔적을
사진에 담는 것조차
어색하고 두려워지는 순간이 왔지
법정 스님께서 열반에 드셨다는
그 소식만큼 충격적이고 슬펐던 건
책들을 절판하라 했다던 스님의 유언
왜 그러셨을까
왜 그런 생각을 하셨을까
법정 스님이 계셨던 이곳
봉은사 진여문을 지날 때마다 드는 생각
범인은 해답에 도달하기 어려운 질문을
머릿속에서 굴리고 굴리다가
갑작스레 고드름 정수리에 떨어진 듯
차가운 바람에 정신이 번쩍 깨어

시린 손 호호 불어가며

봉은사 설경을 카메라에 담는다

기억에 남을 것 없는 오늘을 남긴다

다시 오늘을 추억하지 않으리란 걸 알면서도

찰칵찰칵 사진을 남긴다

지우기 위해

비우기 위해

먼 훗날, 어느 날, 그 날에…

아린 봉은사 설경

한점의 티끌이 되어

불어오는 겨울바람에

내 눈에 들어와

난 또

얼어버린 눈물을 훔친다

# 히치하이크

동트기 직전 새벽녘에 무거운 새벽공기와
가로등 불빛 물든 어둠을 가르고
강변북로를 달리다…
긴 머리의 낯선 여인을 만나다
밤새 비를 맞은 건지 슬픈 사연을 날려버리려
한강에 점프했다 다시 살아나온 건지
온몸은 젖고 긴 머리는 앞으로
흘러내려 얼굴이 보이지 않던 그녀
내 차를 보고 손을 흔든다
서서히 속도를 늦추는 나
그녀는 한쪽 팔만을 느린 재즈 리듬에 맞춰
흐느끼듯 귀찮은 듯 흔든다
당황, 혼란스러움, 두려움에 주저 주저하다
그냥 반포대교 밑을 지나친다
그녀의 기괴한 모습이 떠올라서
태워줄 걸 그랬나 하는 미안함에 사로잡혀
스산한 안개에 목적지 길을 잃고 낯선 산길로
들어섰었다
그 길은 공동묘지로 향하는 길

몇 달 후 겨울비 내리던 새벽

강변북로를 벗어날 즈음

비에 흠뻑 젖어 비틀거리며 길을 헤매는

긴 머리 아가씨가 눈에 들어온다

구두도 없이 맨발로 외투도 없이 블라우스 차림으로

겨울비처럼 서럽게 조용히 울고 있는 아가씨

새파랗게 변해버린 붉은 입술 사이로 흘러나오는

알코올 냄새 진동하는 그녀의 떨리는 음성

"저 좀 집에 데려다주세요"

"경찰을 불러드릴까요? 무슨 일 있었나요?"

"아니에요. 그냥 집에 데려다주세요"

핸드백도 핸드폰도 잃어버렸다는 그녀

경찰도 불러서는 안 된다고 하는 그녀

어쩔 수 없이 뒷좌석에 태우고 히터를 켠다

그녀가 말하는 유리구슬 호텔로 향하는 내내

그녀는 내게 중얼거린다

"집에만 데려다주시면 돼요"

"집에만 데려다주시면 돼요"

"모든 게 다 괜찮아질 거예요"

"아저씨, 감사합니다"

술에 잔뜩 취한 그녀가 추위에 몸을 떠는 소리

그녀 지아가 아래위로 빠르게 부딪히는 소리를 들으며

유리구슬 호텔을 찾아가는 나

비에 젖은 그녀가 탄 뒷좌석엔

처음으로 비가 내리기 시작했다

그녀의 눈물인지, 몸에서 내리는 겨울비인지

좌석은 축축이 젖어가고 있었다

"이 방향이 맞나요?

 왜 유리구슬 호텔이 안 나오죠?"


(조용)….


아가씨는 곤히 잠들었다

"아가씨!"

"아가씨! 근처에 다 온 것 같아요… 일어나 봐요"

잠에서 깨어난 아가씨는 소리를 지른다

"아악~…

 여기가 어디예요?

어디로 저를 데려가시는 거죠?

아저씨 누구세요?"


"아가씨 왜 그러세요?

저 기억 안 나요?"

"조금 전에 제 차에 타셨잖아요"

나를 빤히 쳐다보는 그녀

고개를 흔들며 눈물을 보이는 그녀

(조용)….


"유리구슬 호텔은 어디에 있나요?"

"유리구슬 호텔이요?"

…


"아저씨, 반포대교로 다시 방향을 돌려주세요"


며칠 후 나는

반포대교에 현수막을 건다

"사람을 찾습니다.

2월 22일 비 오는 날 새벽 2시경

유리구슬 호텔로 가자고 함께 차를 타고 갔었던

검은 블라우스, 검정 치마를 입은

머리 긴 여성분을 찾습니다

내 심장과 눈을 가지고 간 이 여성을 아시는 분은

유리구슬 호텔 222호로 연락해주시기 바랍니다"

# 행복

아침에 일어나 현관문을 연다
문밖에 놓여있는 경제신문이
행복하세요! 인사한다
신문을 펴고 TV 뉴스를 켠다
달라진 헤어스타일의 섹시한
리포터가 윙크하며 인사한다
행복하세요!
집을 나서며 마주치는 경비아저씨
웃으며 행복하세요! 인사한다
거리에서, 서점에서, 미술관에서
많은 얼굴들이, 책들이, 그림들이
인사를 건넨다… "행복하세요?"
거리에서 마주친 사람들의 눈이
책 속 빽빽이 자리 잡은 글자들이
그림 속 주인공들과 풍경들이
행복하라고 응원해 준다
오늘 만난 행복하거나 불행해 보이는
모든 사람이 행복하길 우리 인생처럼
매일 얼굴을 바꾸는 달님에게 기원한다

나이 들수록 하늘을 찌를 듯 꼿꼿이

커가는 메타세콰이어 나무를 바라보며

그 생명력에 치밀어 오르는 메스꺼움을

참아보려 억지로 행복한 미소를 지어 본다

대폿집에서 소주병이 잔에 부딪히며

산사 풍경소리처럼 명징하게 묻는다

오늘 하루는 행복했나요?

불을 끄고 베개를 베고 누우니

깊은 어둠 속 나의 머나먼 과거가

찾아와 내게 묻는다

그래서… 지금 행복하냐고

불을 끄고 이불을 덮고 누우니

어둠 속 세상의 끝, 머나먼 훗날이

찾아와 내게 말한다

그래도…

지금 이 순간도 꼭 행복하라고

# 목포행각

고속열차 SRT가 개통됐다는 뉴스를 듣고
계획에도 없던 목포 여행을 급작스레 떠올렸다
수서역까지 한참을 가야 하는 게 귀찮아
올라올 때 SRT를 타면 되겠지 하고
집 근처 터미널에서 버스를 타고 떠나는 목포여행
아침 일찍 허둥지둥 뛰쳐나오느라
식사를 거른 나는 슬슬 배가 고파 오고 졸리고
한참을 자다 깨어 버스 차창을 통해 보이는
멋진 내장산을 바라보며 속으론
언제 한 번 꼭 올라 봐야겠다 맘 먹어 보지만
난 안다…
내 생애 저곳을 오를 일은 아마도 없을 거란 걸
이제는 꿈꾸는 즐거움만으로도
때론 만족해야 한다는 걸…
내장산을 바라보며 느끼는 아름다움과
텅 빈 버스 속 이방인 같은 내 외로움보다
배고픔이 더 간절한 나는 동네 국밥집에서 파는
뜨끈한 내장탕을 떠올려 본다

한 번도 와본 적 없는 광주 근처를 지나며

멀리 보이는 눈 덮인 무등산 정상을 바라보며

손에 잡힐 듯 멀리 보이는 그 작은 웅장함에

다른 모든 생각을 잊은 나는 그래도 더해 가는 허기짐에

청담동 고깃집 무등산에서 파는

입안에서 사르르 녹는 한우 한 점을 입속에 떠올려 본다

목구멍이 포도청이 되어 버린 나를 반기는 목포

목구멍이 포도청이라 내게 목포인가

허기진 나는 역전 허름한 중국집에 들러

오래전부터 먹어보고 싶었던 목포 별미

꼬막 짬뽕으로 허기진 추위를 달랜다

몇 시간만 흘러도 격하게 살아나는 배고픈 식욕처럼

흘러간 추억과 사랑은 왜 다시 살아오지 않고

점점 옅어만 지는가

잠깐 구시가지와 바다를 바라보고 돌아온 목포역

SRT를 타려면 두 시간 하고도 반을 기다리라네

기다려 보지도 않은 기다림에 지친 나는

SRT 대신 근처 버스터미널로 가서 서울행 버스에 오르며

결국, SRT를 타보지도 못하고 기차 여행을 끝낸다

SRT는 다음에 다시 타면 되겠지 속으로 둘러대지만

난 안다…

SRT를 타고 내가 다시 이 아름다운 목포 바다에 올 일이

아마도 없을 거란 걸

멀리서 그저 멀리서 바라만 본

아름다운 내장산과 무등산을

아마도 힘들여 오르려 아니 보러 다시 오지 않을 거란 걸

젊었던 나도 세월에 휘둘려 많이 흘러왔다는 걸

인생은 때론 그렇게 간절히 바라는 것을

그냥 흘려보내며

살게 된다는 것을…

# 四季

겨울은 떠나갔다
오래전 알았던 사람의 이별처럼
눈 한 송이, 얼음 한 조각 남기지 않고
아무런 인사도 없이 가버렸다
봄인가 보다
따뜻함이 다가오는 게
울긋불긋 화려한 꽃들이
찾아오는 게 눈으로 보여
봄인가
말없이 봄 너마저도 가버리면
여름은 올 것이다
시원한 소나기와 시끄러운 천둥소리와 함께
조금은 두려운 여름이
가을보다 먼저 찾아와서 다행이다
가을이 가도 사랑하는 겨울이 기다리고 있어
가을은 더 행복하다
겨울에도 한낮에는 봄날 같은 따뜻한 순간들이
별책부록처럼 군데군데 끼워져 있고
서로를 안으면 한여름 땡볕보다도 뜨겁다

여름 새벽에도 초가을, 늦겨울 같은
싸함이 안갯속에 이슬방울로 떠다닌다
그녀의 눈물 속에 맺혀있다
구름 흘러가는 맑은 하늘 아래
눈을 감으면 봄이 가을인지 가을이 봄인지
헷갈리기도 하고
커튼을 치고 눈을 감고 소파에 누우면
바깥세상을 잊고 외출을 잊은
게으르지만 바쁜 가난한 예술가의 맘속엔
오늘이 봄인지 여름인지 가을인지 겨울인지
분간이 어렵다 분간을 모른다
정작
우리 맘속에, 우리 사랑 속엔
사계절은 늘 머무는 듯하다

# 슬픔이여 안녕

우울한 사람이 있었다
왜 사는지 왜 돈을 버는지
고민이 많은 우울한 사람이 있었다
그래서 주말엔 그림을 그리곤 했다
그리고 갑자기 사라진 그는
몇 년을 깊은 산 속 동굴 속에서
우울에 밥 말아 먹고
고독을 전 부쳐 먹다가
어느 날 홀연히 내려와 가게를 열었다
가게에서 밥과 빵을 술과 안주를
싸게 팔았다… 무료로 주기도 했다
외로운 사람들이 모여들기 시작했다
우울한 사람과 외로운 사람들은
대화를 나누기 시작했다
목마른 그리고 배고픈 사람들이
모여들기 시작했다
우울한 사람은 그들에게
밥과 국을 안주와 술을 빵과 주스를 팔았다

배고픈 사람들 외로운 사람들 목마른 사람들이

그에게 보람과 행복을 주고 갔다

비가 오고 눈 오는 장사 안되는 날에는

가게 문을 닫고 그간 번 돈을 들고 나가

이웃 가게를 돌며 밤새 술을 마셨다

흐르는 세월을 슬퍼하던 젊은 아가씨가

누드화를 그려 달라고 졸랐다

우울한 사람은 오랜만에 붓을 들었다

우울한 사람은 더는 우울하지 않았다

배고픈 사람도 목마른 사람도 외로운 사람도

더는 그러하지 아니했다

어느 날 우울했던 사람이 웃으며

가게에 간판을 새로 달았다

'슬픔이여 안녕'

배고픈 슬픔이여 안녕

외로운 슬픔이여 안녕

목마른 슬픔이여 안녕

허무한 슬픔이여 안녕

# 은행구이

서울역에서 한강대로를 따라
오래전 지어진 낡은 건물들을
두리번두리번 구경하며 운동 삼아
어두워지기 시작한 저녁 거리를 걷는다
때로는 거리의 사람들보다도
내 눈에 먼저 들어오는 건
오래된 낡은 집과 옛날 건물들
때로는 그것들이 생명을 가진
사람처럼 친구처럼 느껴질 때가 있다
언젠가는 사라질…
너희들도 오래오래 살아남아라
주라기 때부터 지금까지 가장 오래
살아온 식물… 거대식물
거리의 은행나무와 대화를 하며 거리를 걷는다
오래된 생명의 신비함을 생각하다가
갑자기 은행구이가 먹고 싶어져서
남영동 후암동 갈월동 청파동 원효로의
술집들을 돌아다니며
은행구이 안주를 찾는다

한 시간을 넘게 돌아다녀도 여름이라 그런지
은행구이는 끝내 나타나지 않았다
은행구이에 시원한 맥주 한 잔 하고 싶었는데
…
너무도 서러워서
난 길에서 눈물을 흘릴 뻔했다


마음을 추스르고 롯데리아로
기어들어가 밀크셰이크를 원샷 했다

# 호러 무비

오랜만에 호러 무비를 TV에서 본다
불 꺼진 어두운 방에서 아직 가시지 않은
숙취에 취한 채 아무 말 없이 화면을 본다
오늘따라 뻔할 것 같은 호러 무비가
왜 무섭게 느껴지는지 알 수 없다
화면 속 주인공을 응시하다
시끌벅적했던 화면이 조용해지더니
영화 속 주인공이 어둠 속으로 잠시 사라진다
잠깐 조용해진 틈을 타
아까부터 시끄럽게 돌아가던
주방 환풍기를 끄기 위해 일어나니
저 멀리 현관문 센서 조명이 갑자기 켜진다
갑자기 다시 들리는 화면 속 소음에
자리로 가 소파에 누워 화면을 보며
긴장감 넘치는 효과 음향에
머리카락이 쭈뼛쭈뼛 서고
심장이 뛰고 손에 땀이 나기 시작한다
나도 모르게 놀러 온 친구에게

"야! 이 영화 좀 무서운데…"

라고 말을 건네는데

조금 전 사라진 화면 속 호러 무비 주인공은

아직도 등장하지 않고

내 옆에서 조용히 이불을 뒤집어쓰고 있던 친구는

대답 없이 갑자기 몸을 뒤척이기 시작하고…

그러다 시끄런 소음을 내며 돌아가는

환풍기를 끄러 다시 일어나다

깜빡 켜지는 현관문 조명 아래 신발들을 보는데…

내 운동화 한 짝밖에 보이지 않고

어제 오늘 주방에서 요리를 안 해먹었다는

생각이 갑자기 떠오르고

우리 집에 찾아온 친구가

없었다는 생각까지 떠오르자 술은 깨고…

순간 다시 TV 화면을 보니

아까 어둠 속으로 사라진

호러 무비 주인공은 아직도 나타나지 않고…

갑자기 이불을 뒤집어 쓴

친구가 서서히 일어나고…

# 운수행각

직장생활에 싫증을 느끼던
회사원 장 모 씨는 전날 먹은 술이 덜 깨고
졸리기도 해서 출근하자마자
웃옷을 의자에 걸쳐두고
회사 뒷문 가까이 있는 사우나로 출근한다
욕탕으로 들어가다 호랑이 부사장님을 보고
얼른 피해 몰래 한증막으로 숨는다
부사장님이 샤워를 마치고 나가는 이십여 분 동안
장 모 씨는 한증막에 갇혀 숨 막혀 죽을 뻔했다
얼굴과 온몸이 벌게져서 나온 장 모 씨는
편의점에 들러 해장용으로 메로나 하드 세 개를
연거푸 먹고
시원한 공기를 보충하러 근처 선정릉으로 들어가
벤치에 누워 푸른 하늘을 본다.
푸른 바다 위를 흘러가는 구름을 바라본다
목을 조여오는 갑갑한 넥타이를 풀러 둘둘 말아
베개 모양으로 만들어 편하게 누워 다시 하늘을 본다

술에 취해서인지 자세히 보니

어젯밤에 보던 별들과 바텐더 아가씨 얼굴들이

하늘에 떠 있는 듯하고

구름이 흘러가는 하늘에는 커다란 강줄기들이

여기저기 끝없이 뻗어 있었다

흘러가는 구름을 바라보다 맘이 편안해진 장 모 씨는

사무실로 돌아가려고 일어나다

다리에 힘이 풀려 그대로 거리에 쓰러진다

쓰러진 그 자세 그대로 오체투지를 하며 힘겹게

사무실에 도착한다

손에는 흙이 묻고 양복바지는 다 해지고

회사원 장 모 씨를 본 부사장은 이게 뭔 거지꼴이냐고

빨리 꺼지라고 소리친다

장 모 씨는 서랍에 고이 감추어 두었던 소주 한 병을

개인 사물함에 경건히 세워놓고 묵념을 하고

회사를 나왔다

길을 걷다가 구름 같은 솜사탕을 한 개 사 먹고

분수대에서 흩날리는 물방울의 움직임을 바라보다

장 모 씨는 은행에 들러 당나귀를 살 돈을 찾아 나왔다

그리고 다시 하늘에 흘러가는 구름을 바라보다
먼저 당나귀를 사러 가야 한다고 생각이 든
장 모 씨는 구름을 보다 말고
휴대전화로 네이버와 구글 검색을 하기 시작했다
그래 떠나는 거야
이게 얼마만의 여행이냐
다시 돌아올 수 없을지도 모르는 여행을
장 모 씨는 너무나도 갑작스럽게
그렇지만 너무나 태연스럽게
오래 준비한 여행을 떠나듯
눈 녹는 어느 따뜻한 봄날
혼자서 결국 떠나고야 말았다

## 차이나타운에서

자유공원을 들러 인천 항구를 바라본다
목마르고 출출한 애주가 발길 사로잡는
밴댕이 파는 술집 골목을 내려오다
오래된 가게 외관에 끌려 무심코 헛기침을 하며
혼자 가게에 들어선 나
"막걸리 한 통하고 밴댕이 회 주세요!
 밴댕이는 조금만 주셔도 됩니다."
인적 끊긴 토요일 저녁의 골목 풍경
내가 첫 손님이자 마지막 손님일 것 같은
한가하고 외로운 거리 풍경을 내다보며
긴 줄에 걸린 만국기가 바람에 휘날리고
중국어, 일본어, 영어를 내뱉는 취객들로
왁자지껄 떠들썩했을 백 년 전 이곳
불야성의 조계지 밤거리를 떠올려 본다
"예전엔 밤에 돈 세다 늦게 자고 그랬지
 지금은 찾는 손님도 많이 줄고
 나이 들어 심심해서 소일거리로 하는 거지만…"
밴댕이 한 접시 썰어 내어 주시고
다시 할 일 없어진 아주머니 내게 말을 건넨다

아직도 새벽이면 직접 포구에 나가

뱅댕이를 가져온다는 기력 쇠한 남편 몰래

찬상 한 구석에 숨겨 놓은 듯한

오래된 낡은 시집을 꺼내어 읽는다

얼마나 많이 펼쳐 보았으면

손님 없어 한가하고 외로운 날

얼마나 아주머니의 벗이 되어주었으면

너덜너덜 제본이 다 떨어져 나간

함께 늙어가는 시집을 꺼내 읽으며

이제는 오지 않는 시인을 추억한다

"젊은 손님처럼 키도 크고 멋진 분이셨지…

 단골이었는데 마지막으로 본 지도 이젠

 아주 오래전이네"

아주머니는 시인을 그리워하고

그 시를 사모하고 의지하며 야속한 세월을 버텨왔나 보다

인천역 차이나타운 뱅댕이 술집 골목에는

손님 없는 한가한 늦은 밤

살갑게 말 걸어 주는 손님을 기다리는

아주머니가 여전히 뱅댕이를 손질하고

시원한 막걸리를 냉장고에 재워두고 계실 것이다

이렇게 늦은 밤까지

이렇게 늦은 나이까지

빈 가게를 지키고 있는 건

낭만 가득했던 시절

이곳에서 멋스럽게 풍류를 뽐내던

그 젊었던 멋진 시인을

이제는 낡아 버린 시집의 표지만큼이나

후줄그레해진 얼굴로라도

혹시나 다시 한 번

만날 수 있지 않을까 하는

기다림 때문만은 아닐 것이다

# 그리움

그리움이란 뭘까
외로움의 친구?
외로운 사람이
그리움마저 없다면
얼마나 외로울까?
그리움은 외로움을
위로해주는 친구
고맙고 지독한 친구

# 씨름선수

내가 아끼는 씨름 선수 둘이 있네
십몇 년째 매일 저녁 거는 안부 전화
매일 똑같은 질문 그리고 대화
"뭐하고 계세요?"
"뭐 하고 있긴…
나야 매일 텔레비전하고 씨름 중이지…"
자주 찾아 뵙지 못하는 불효자 덕에
내가 아끼는 두 명의 선수는
오늘도 씨름 중
서로에게 샅바를 거는 중
늘 고맙고
미안합니다
텔레비전 선수
그리고
어머니 선수

# 공간의 힘

좁은 공간에서 얼굴 맞대고
아등바등 싸우고 지지고 볶을 땐
괜스레 싫고 밉다가도
넓은 광장이나 한적한 지하도
어두운 골목길에서
혼자 걸어가는 그를
멀리서 봤을 때
그 넓은 낯선 공간에
홀로 서 있는 뒷모습을
우연히 봤을 때 느끼게 되는
그 어색한 측은함과
아련한 처량함은
그것은 아마도
작은 점과도 같은 우리 존재를
따뜻하게 품어 주는
공간의 힘
넓고 끝이 없을 것 같은
공간이 전해 주는
따뜻한 위로의 힘

# 호미화방 가는 날

일 년에 한두 번 성스런 의식처럼

캔버스를 사러 들르는 곳

갈 때마다 멋진 이젤 양▨이 입구에 서서

언제 날 데려갈 거냐고 나를 반기는 곳

당분간 캔버스를 안 사겠다 다짐했건만

하얀 마약 가루가 뿌려진 천으로 만들었을까?

끊을 수가 없네

계산대에서 훌쩍 오른 캔버스 가격에

적잖이 놀란다

사려던 사이즈보다 작은 캔버스로

사려던 개수의 반만 사고

남는 돈으로 놀고 있는 아는 형님들을 불러

한우고기에 소주를 먹는다

비싼 캔버스 위에 그려진 내 그림이

석쇠 위에 잘 구워진 고기와 소주만큼

감동과 즐거움을 줄 수 있을까

나 홀로 그림 그리는 그 시간들이

누군가 함께하는 이 시간들만큼

행복과 위안을 줄 수 있을까

그날 밤 난 꿈을 꾸었다
고생고생 사온 새 캔버스들을
호미화방에 되팔아서
서울역 광장 따뜻한 태양 아래
꿀맛 같은 낮잠을 자는 사람들과
술과 고기를 사 먹었다
내 그림도 누군가에게 술과 고기 같은
행복과 즐거움이길 바라며

## 할아버지와 빈 의자 친구

한강 변 주차장 근처 세븐일레븐
편의점에서 가끔 보는 할아버지
각 잡힌 모자에 밤에도 선글라스
비 오거나 습한 날이면 나타나서
술집들을 돌아다닌다고 한다
술집에서 안 보이면 편의점 구석
야외 테이블에서 늘 혼자 술이다
늘 혼자인데도 항상 대화 중이다
손과 팔을 휘저으며 작고 쳐진
어깨를 들썩이며 웃고 얘기한다
앞에 아무도 없는데 누군가의
이름을 부르고 웃고 소리치고
한동안 아무 말 없이 있기도 하고
어느 날 밤 옆에서 술 마시며
그 모습을 쭈욱 보고 있자니
안쓰럽기도 하고 무섭기도 하고
"아저씨, 이제 집에 가 쉬세요"
…
"아저씨, 그럼 저 먼저 갑니다"

다음날 물을 사러 편의점으로
들어서다 놀라 발길을 멈추는 나
어제 모습 그대로 등을 보이는
할아버지, 술병, 빈 의자 친구
밤새 나눌 얘기가 그렇게 많았나
"아저씨, 이제 집에 가 쉬세요"

(아저씨, 오늘 밤 술 한 잔 같이 하시죠

지금은 볼 수 없는, 이젠 만날 수 없는

그리운 사람과 만나고 대화하는

그 신비한 마법을 제게도 꼬옥

가르쳐 주세요)

# 무슨 요일의 할아버지

자정 무렵이면 가끔 공원 근처
전봇대에 나타나시는 할아버지
근처 벤치에서 휴식을 취하는
내게 와 늘 같은 질문을 한다
어이, 오늘이 무슨 요일이야?
쉬운 질문 같아 보이지만 쉬운
질문이 아닌 어려운 물음이다
처음에 무심코 답을 드렸다가
틀린 답을 드린 적도 많았다
왜냐하면, 그 할아버지께서는
자정이 되기 오 분 전, 십 분 후
자정이 막 되려는 순간에 주로
화두와 같은 질문을 훅 던지고
내 답변을 기다리기 때문이다
그러며 내 답변도 바뀌어 갔다
"수요일이요!"와 같은 단답형에서
조금 전 목요일 방금 금요일이요
지금 화요일인데 십 분 후 수요일

늘 자정 무렵 나타나는 할아버지가
가끔은 몇 시냐고 묻기도 한다
"자성이네!"를 내게 알려주는 분이
몇 시냐고 묻는 화두 같은 질문
오늘이 무슨 요일인지 심지어
무슨 달인지도 헷갈리는 나도
할아버지처럼 팔순 나이 때면
남은 인생 하루하루의 개수가
할아버지처럼 많이 궁금해질까
시계탑처럼 자정이면 나타나서
내게 무슨 요일을 묻는 할아버지
내게 살 날이 얼마 남았는지
갈 날이 언제인지 알고 살라며
지금 하루하루가 중요하다고
할아버지 얼굴은 부적이 되어
내게 최면을 걸고 주문을 건다

# 너 왜 사니

너 왜 사니?
너 왜 태어났니?
어릴 적 한 번은 들어 봤거나
장난삼아 무심코 말해본 적 있을
꾸지람 아님 농담

왜 살까?
나는 왜 태어났을까?
나이 들어가며
가끔 찾아오는
복잡하고 무거운 생각

왜 사실까?
무슨 낙으로
하루 하루를 살아가실까?

나이 들며
점점 진해져 가는
경건하고 엄숙한 질문

# 나이가 들어간다는 건

단념할 줄도 아는 것
버릴 줄도 아는 것
조심할 줄노 아는 것
만족할 줄도 아는 것
담담해질 줄도 아는 것
포기할 줄도 아는 것
의지할 줄도 아는 것
돌아볼 줄도 아는 것
둘러볼 줄도 아는 것
베풀 줄도 아는 것
용서할 줄도 아는 것
준비할 줄도 아는 것
정리할 줄도 아는 것
감사할 줄도 아는 것

# 이정표

정류장에 멈춰 선 버스
"희망 도서관 가요?"
정류장에 선 아줌마가 묻는다
"안 가요!"
기사 아저씨 답하는데…
버스에 올라타는 아줌마
"어, 아줌마! 안 간다는데 왜 타요?"
"네, 기사님,
여기 정류장에서 희망도서관
가지 않는 버스를 타고 오면 된다고 했어요"
때론
자기가 가지 않는 곳을 이정표로 삼고
길을 찾는 사람들도 있구나
나도 인생을 그렇게 살아보고 싶다
정해진 목적지를 잊고
때론 이정표와 다른 길을
자유롭게 걸어가는…

# 스틸샷

일요일 오후
공원 자전거 도로의
흐름을 방해하는
정지된 자전거 하나
정지된 듯 보이지만
놀라울 정도의 느린 속도로
전진하고 있는 자전거
저 느린 속도로도
자전거가 쓰러지지 않는다는 게
신기할 정도
뒤에 오는 자전거들이
모두 피해 앞질러가는
그 느린 자전거의 운전자는
백발의 할머니
자전거를 탄 마법의 할머니
가을 날 오후
자전거 외출이 너무 좋아
흘러가는 시간을 멈춰보려

이 오후

모두의 시간을 몽땅

멈춰버릴 지도

모르겠네

# 수락산을 내려오며

오랜만에 수락산으로 향하는 나
선산이 있는 곳, 할아버지가 계신 산
아버지는 어렸을 때부터 할아버지를 뵈러
수락산을 오르셨을 것이다.
할아버지, 할머니는 아버지가 어릴 때,
외할아버지는 어머니가 어른이 되기 전에
귀천하셨다고 한다
수락산을 오르며 짧은 인생을 생각한다
죄송해요 잊고 살아서,
학림사와 용굴암을 들러 시주하고 절을 한다
어머니 건강하시라고
아버지 그곳에서 안녕하시라고
종교가 없는 나를 위해
나중에 기도해 줄 사람이 있을까?
법정스님, 경허스님, 성철스님,
소설 만다라 속의 스님들
김수환 추기경님, 프란치스코 교황님
직접 뵌 적은 없지만 존경하고 감사합니다
잘 부탁드립니다.

너무 먼 미래를 생각하면 슬퍼져서

가까운 앞날들만 생각하기로 한다

절에서 바라보는 이 멋진 풍경

바람에 흔들리는 풍경소리가 주는 고요 속의 기쁨

소박하지만 깊은 멋이 있는 소리

깨달음을 주려고 날라온 자연의 부름

느린 꿈길 같았던 수락산을 오르는 시간이 지나고

다시 현실로 빠르게 수락산을 내려 돌아오는 길

오래전 하늘로 가신 외할머니를 만나다

수락산을 내려가시는 외할머니의 뒷모습을 만난다

수락산을 내려가고 계신 어느 할머니의

뒷모습이 외할머니의 모습과 너무 닮아서

빠르게 걸음을 걸어 할머니의 얼굴을 보고 싶지만

너무도 빠르게 내려가고 계신 외할머니의 뒷모습

할머니의 발걸음이 빠르셨던 건지

꿈을 깨고 싶지 않은 나의 발걸음이 주저되었던 건지

끝내 외할머니의 뒷모습,

외할머니와 걸음걸이가 너무 닮으셨던

할머니의 얼굴을 보지 못했다

그렇게

오랜만에 만난 외할머니의 뒷모습을 보내드렸다

어머니에게 잘하라고, 잘들 살라고

그래서 나타나신 것 같다

수락산을 내려오며 외할머니는

내게 그렇게 말씀을 해주셨다

오래전 쩌렁쩌렁하지만 사랑 담긴 목소리로

나를 보면 늘 하시던 그 말을

"엄마한테 잘해라."

## 종로3가에서

강한 햇빛, 모두들 그늘만 찾는 오후
태양을 온몸으로 받으며 뜨거운 길 위에 누워
웃고 있는 잘 생긴 노숙자 청년
손에 쥔 소주병에는 커다란 가로수 잎들과
가지들이 꽂혀 있다
네게 줄 수 있는 건 태양뿐이라는 듯
하늘을 향해 높게 뻗은 소주병
식물은 태양에 감사의 인사를 한다
식물과 태양 그 역시 모두 행복해 보였다
근처 중국집 계단에는 중년의 커플이
마주 보고 낮술을 즐기고 있다
사랑하는 여인의 아이를 대신 잉태한 듯
남자의 배는 봉분처럼 부풀어 올랐다
복수 가득 찬 배에 알코올을 채우고 있는
아픈 그 남자와 그 여자 모두 신기하게도
행복해 보였다
정적인 노숙자들 사이를 하루살이처럼
앵앵거리며 분주히 왔다 갔다 하는
양복 차림의 노숙자

오래전 회사에서 잘린 이후 아직도

집에 귀가하지 못하고 있다는 듯

손에는 서류뭉치를

입으로는 영원히 끝나지 않을

업무 대화를 중얼거리고 있었다

끊임없이 할 일이 있어 보이는

그 역시 매우 행복해 보였다

후배를 기다리는 종로3가에서의 하오의 십여 분간

노숙자들을 바라보며

그들이 행복해 보인다고 느낀 내가

요새 제정신으로 살고 있나 자문하다가

갑자기 나타난 후배와 얼음처럼 차가운 냉면을

후루룩 먹으며 근황을 묻고 떠오르는 근심을 숨기며

조언을 해주고 사업이 잘되어 행복하길 기원해 주었다

## 축소인간(縮小人間)

바다에서 수영하고 숙소로 가는 길에 있는

옥수수 경작지를 지나다 농부가 뿌린 농약이

피부에 닿는 걸 경험하고 얼마 후 부터일까

피부에 통증을 느끼고 어지럼증을 경험한다

피부가 조여져 오는 느낌

팔과 다리의 관절에 느껴지는 묘한 압박감

내 몸의 땀과 옥수수밭에 뿌려지던

농약의 화학반응 때문에 난 작아지고 있었다.

며칠 후 눈에 띄게 작아진 나는 가족의 시선을 피해

차마 그들에게 인사도 하지 못하고 숨는다

기름 저장고처럼 커진 거대한 나의 연필통…

코끼리보다 훨씬 더 커버린 고양이…

이젠 얼굴조차 볼 수 없을 정도로 거대해진

내가 아끼던 강아지…

그들이 커지고 있는 게 아니라 내가 작아지고 있다

와이프는 이젠 너무 커져서

내가 불러도 내 목소리를 듣지 못하고

거대한 빵가루를 가지러 온 개미조차

중생대 티라노사우루스만큼 크게 보이고

희망을 잃은 나는 사랑하는 가족들에게

맘속으로 영원한 이별을 고한다.

난 곧 삭아져서 눈에 보이지 않을 정도로 사라질 거야

그래 빠르게 작아져서 곧 완전히 사라지고 말 거야…

삼십여 년 만에 이런 꿈을 꿨다

초등학교 때 읽었던 소설 속 주인공이 되었었다.

작아진다는 것은 없어진다는 게 아니란 걸

작아진다는 것은 계속 변화하고 있다는 것을

세상이 영원히 확장되어 가고 있다는 것을

다시 한 번 깨달았다

작아지는 것은 계속되는 움직임이 있어서

그 존재가 사라지지 않는다는 걸

삼십여 년 만에 꿈속에서 다시 깨달았다

그간 헌책방을 돌아다니며 얼마나 이 책을

찾아 헤매었는지…

그래 헌책방에서 구할 수 없다고 해서

그 책이 사라진 건 아니다

아직도 어딘가에서 주인공과 함께

그 책 역시 계속 작아지고 있을 것이다.

모든 것은 무상하다…
작아지는 것은 사라지는 것이 아니다…
중성자, 원자, 쿼크
그리고 열두 살에 만난 그 축소인간과의 여행은
영원히 끝이 없다

# 민들레

어릴 땐 봄에 피어나는 민들레를 보면
이현세 만화 속 여주인공을 떠올리며
꼬마 시절 풋풋한 풋사랑을 생각하거나
길에서 사다 키우던 병아리를 추억했다
학창시절 바람불고 노을 지는 강변에서
'민들레 홀씨 되어' 노래를 흥얼거리며
고백하지 못한 사랑을 노래하곤 했다
이제 나이가 들어 매일 산책하는 공원
잔디밭에 잡초처럼 무성히 피어나는
민들레를 보면 피로한 나의 간을 위해
몇 포기 몰래 뜯어다가 깨끗이 씻어
뜨거운 물에 데쳐 맛있게 민들레 나물
무쳐 먹는 맛있고 멋없는 생각을 한다

# 분리수거실에서


매주 일요일 저녁이 오면
난 분리수거를 하러 간다
엄숙하고 경건한 맘으로
슬프고 우울한 맘 더해서
지하 1층으로 내려가며
난 고소공포증을 경험한다
음식물은 조심스럽게 먼저
일반 쓰레기는 멀리서 슛
그리고 나서 엄숙한 절차
종이
플라스틱
비닐
스티로폼
캔 금속
병 유리
하나씩 꼼꼼히 분리한다
내 머릿속 기억과 상념도
내 가슴 속 추억과 사랑도
먼 훗날 시간이 멈추는 날

나를 이루던 탄소, 인, 수소…
분리수거되는 날이 오겠지
그래도
그래도
아주 아주 작은 추억이라도
나를 생각해주는 아주 작은
기억이라도 조금은 남아라

# 춘화

밤나무 우거진

산기슭 아래

넓고 넓은 대파밭

뜨거운 아침

강렬한 햇살 받아

늠름하게 우뚝 솟아 있는

대파꽃 봉우리들

반찬거리 꺾으러

텃밭에 나온 젊은 여인네

그 모습 보고 살짝 웃고

마침 불어온 바람에

대파꽃 봉우리들

수줍은 여인네를 향해

일제히 추파를 던지네

# 말

내가 좋아하는 말

노세 노세 젊어서 노세

내게 위안이 되는 말

세월이 약이겠지요

정말 신통하고 신통한 말

사람은 생긴 대로 논다

젊었을 땐 잘 몰랐던 말

아껴 뭐해 죽으면 썩어 없어질 몸

언제나 듣기 좋은 말

술 한 잔 할까?

더 듣기 좋은 말

내가 한 잔 살게

내가 싫어하는 말

죽으면 천국 가요 아니면 지옥 가요

그리고 여전히 믿어서는 안 될

조심스러운 말

그 사람이

그렇게 갑자기 갈 이유가 전혀 없었는데…

참 밝았던 사람인데…

누군가를

그 사람보다

더 잘 알고 있다는

전혀 조심스럽지 않은

말

# 만남포차

시끄러운 일렉트로닉 댄스 뮤직, 멋진 실내 인테리어
브리태니커 백과사전 같은
무궁무진한 안주들이 춤추는 메뉴판
오랜만에 만난 어릴 적 친구들
숨 막힐 듯 커져 오는 취기 속 반가움, 흥겨움, 추억
그리고 회한
차가운 밤공기를 잠깐 마시러 나온 나는
무작정 거리를 걷는다 삼십여 년 전 추억의 거리를
작별인사도 잊고 나와
어느덧 추억의 시간만큼 먼 곳까지 걸어와 버린 나
무심코 지나온 조그만 술집
발길을 돌려 다시 그 술집 앞에 멈춰 선 나
작은 전구와 노란 형광 종이 위에 쓰인 메뉴가
촌스럽고 한가하게 잠꼬대하는 작은 포차, '만남포차'
조기구이, 이면수구이, 오징어 볶음, 닭똥집,
오징어 데침, 어묵탕
여섯 가지의 단출한 메뉴
금요일 늦은 밤, 한 명의 손님도 없는 쓸쓸한 가게
내 발걸음을 되돌렸던 다섯 글자의 안주 '이면수구이'

다섯 글자의 안주가 주는 기억에 눈물이 나는 나이가
나도 어느덧 되어 있었나 보다
오래전으로 시간의 태엽을 거꾸로 되돌려
눈물의 창을 통해 다시 가게를 들여다보면
보고 싶은 그분이 친구분들과 웃으며
좋아하시던 이면수구이에
소주 한 잔 걸치고 계실 것 같다
'이면수구이'
단 하나의 안주를 파는 포차를 열고
이제는 기억마저 희미한 그분을
단 한 분의 그 손님을 기다리는
만남포차의 주인이 되고 싶다
다시 어린 소년이 되고 싶다

# 뮌헨호프

세미나가 있어 오랜만에 들른 여의도 콘라드 호텔
점심시간에 잠깐 예전 직장을 가본다
강가 근처에 뿌리를 내린 거대한 쌍둥이건물
회사 건물은 갑자기 생물이 되어
커다랗게 몸을 세우더니 나를 굽어보았다.
난 그 그림자에 압도되어 숨을 곳을 찾아 달린다
오랜만이라 반갑다고 건물은 키를 더 높이고
허리를 굽혀서 나를 보고 가까이 오라 한다
나는 더 기겁하여 달아난다
지나고 보면 잘한 것은 잊히고
미안한 것만 기억에 남는 법
쌍둥이건물 그림자의 추적을 피해 달아난 곳은
여의도역 근처 오래된 먹자빌딩
1층 구석에는 아직도 뮌헨호프가 있었다
주인은 뮌헨을 가봤을까?
뮌헨에서 맥주와 함께 먹었던 유명한 독일
안주용 과자가 너무 맛없게 느껴졌었기 때문일까
오히려 독일은 맥주보다
우유가 맛있었다는 기억만 남는다

그래도 익숙한 뮌헨 호프 간판이, 바닥에 겹겹이 쌓인
흘린 맥주들의 오래된 퇴적층이 풍기는
묘한 향수 느낌을 주는 이 맥줏집 냄새가
아까 쌍둥이건물이 주던 공포에서 날 해방해 준다
여의도에서 지낸 몇 년의 시간들…
난 회사를 다닌 걸까 아니면 술집을 다녔던 걸까
회사를 열심히 다닌 것 같은데
직장에서의 일이나 업무, 사람들은 잘 기억나지 않아도
이곳 호프집에서 만난 사람들,
옆자리 손님들의 대화 소리, 시끌벅적 싸우는 소리,
다툼, 여자들이 쓰던 화장품 냄새,
무거운 거문고를 들고 다니던 어떤 여자 손님,
빨대로 맥주를 마시던 여자 손님 같은
이곳에서 보고 느꼈던 모든 것들은
너무도 생생히 기억이 난다
회사에 다니며 난 술집을 들렀던 것이었을까 아니면
술집을 다니기 위해 난 열심히 회사에 다녔던 것일까
아까 여의도에서 만난 그 오래된 쌍둥이건물 속에서
내가 아는 십여 년 전의 누군가가 건물 밖으로 기어 나와

혹시 나와 마주친다면 그가 나를 바라보는 시선이

또는 내가 그를 바라보는 시선 역시 매우 슬플 것 같아서

나는 그렇게 그 괴물의 시선을 피해

이 익숙한 술집으로 달려온 것은 아닐까

다시 묻는다

나는 일을 하기 위해 이곳 여의도에 있었던 것일까

아니면 술을 먹기 위해 회사도 다니고 있었던 것일까

조명이 잘 들어오지 않는 뮌헨호프의 구석진 자리에

홀로 앉아 나는 주문을 한다

아저씨, 오징어하고 시원한 생맥주 한 잔 부탁합니다.

아 그러고 보니 오랜만이군요… 잘 지내셨죠

아저씨가 웃으며 주방으로 들어간다.

십여 년 전에 회사를 다닌 건가 술집을 다녔던 것인가를

고민하는 나는

지금은 여기에 술을 마시러 들어 온 것인가

아니면 살기 위해 술을 마시러 들어온 것인가

얼음처럼 차가운 생맥주 한 잔을 들이켠다

할 일 없는 오후 그 뜨거운 대낮에

나를 쫓아오던 쌍둥이건물이 눈물을 흘리고

그 눈물은 빙하가 되어 내게 미안하다며
내 몸속으로 벌컥벌컥 들어오고 있었다
이제는 나를 잊어도 된다고
나를 위로하고 있었다

# 동태탕을 기다리며

나이가 들어갈수록

보고 싶은 사람

가고 싶은 곳은 줄어늘지만

어둑어둑해지는 밤이면

달님 별님처럼 떠오르는 건

집 나간 입맛 살리는

바다에서 온 술안주들

부드럽게 살짝 데친 문어 숙회

고추가루에 볶아낸 오징어볶음

백합 홍합 대합 가득한 조개찜

어제 반찬은 미역줄기볶음, 멸치볶음

그제는 동태찌개와 꼬막에 소주

그리고 지금 그리운 건

도루묵찌개 홍합탕에 쏘맥 한 잔

그리고 내일이면 또

얼큰한 대구탕 아니면

삼식이 매운탕이 생각나겠지

아마도 전생에

내 고향은 바다였을 듯

푸른 바다 헤엄치던

커다란 물고기였을 듯

훗날 내가 죽거든

…

나를 다시 바다에 보내 주오

나를 푸른 바다에 뿌려 주오

# 발우공양

휴대전화에 문제가 생겨 LG전자 서비스센터에서
'참을 인' 자 되뇌며 두 시간 묵언 수행 끝내고
많고 많던 점심 인파 다 지나간…
DMZ 한복판 같은 고요한 음식점 거리를 지나다
갑자기 시원한 냉면이 먹고 싶어
뜨거운 계단을 기어올라
개미 한 마리 보이지 않는 이 층 구석
한가한 냉면집으로 들어간다
고요한 오후 네 시의 적막을 깨고
식당 문이 스르륵 열리고
하얀거 중이신 주인장은 카운터에서 묵언 수행 중
선풍기 바람 한 점 없는 인적없는 식당에
조용히 의자를 당겨 안고 눈빛으로 냉면을 주문한다
산사의 고요함을 깨기 싫어… 적막함을 즐기려
후루룩 소리도 내지 않고 조용히 냉면을 흡입하며
불편하지만은 않은 오후의 침묵을 즐긴다
재채기 아니 잡념이라도 조금 할 것 같으면
죽도가 등 뒤로 날라올 것 같은 엄숙함 침묵 속에
끝난 발우공양

국물 한 방울, 육수 위에 떠다니던 참깨 하나
남기지 않고 깨끗이 비운 냉면 그릇을
티슈 한 장 뽑아 깨끗이 닦는다
냉면 한 그릇의 사색을 끝내고
산사 문을 나서며 노승에게 조용히 인사한다
맛있게 잘 먹었습니다.
주인은 내게 염화미소로 화답하고…

# 신포주점

세 번째 방문 만에 빈자리가 있어 허락된 입장
긴장 반 설렘 반, 문을 열고 들어가는 순간
노 취객들은 낭만 소울 중만한 랩(Rap)에
흐느적흐느적 하우스댄스를 추고 있었다
시인, 화가들이 자주 들렀다던 레전드 대폿집
옛 주인은 이젠 없지만, 술값 대신 받았을 그림과
빛바랜 벽 위의 시구들이 조용히 내게 인사한다.
"아이고, 어째 이런 어린 손님이 다 오셨대?"
이웃 테이블의 60대 누님들의 뜨거운 환영 인사
양장점을 하신다는 멋쟁이 누님,
내가 주문한 바지락 고추장찌개
너무 맵게 만들지 말라며
술 마시다 주방에 선 주인장 누님에게 당부한다
박대구이에 막걸리 한 통을 후딱 비운 내가
바지락 고추장찌개 국물에 소주잔을 비우는데
공깃밥 시켜 말아 먹으라고 엄마처럼 참견한다

"술이 쓰지 않은 건…
 인생이 조금 더 쓰기 때문이지…"

"얼마나 사랑하기에 그렇게 오랫동안

 수화기를 내려놓지 못할까…"

"신포주점에서 막걸리에 얼큰히 취한 나…

 신포주점을 나서며 혹시 그녀가

 따라오지 않을까 자꾸 뒤돌아본다…"

"내가 죽거든

 술집 술독 밑에 묻어주오

 운이 좋으면

 밑동이

 샐지도 모르니까…"


옆 테이블 누님들, 형님들의 무지갯빛 대화 너머로

벽에 쓰인 낙서를, 역사를, 인생을 한참 바라본다.

모두가 서로서로 사랑하고 모두가 사랑받는 이곳

소박한 위로와 안녕의 축제가 매일 열리는 이곳

이곳은 진정 가난한 시인과 화가들의 명예의 전당

어제의 눈물이 오늘의 달콤한 한잔이 술이 되어

외로움, 슬픔, 고달픔을 술로 달래주는 신포주점

"주인장 누님 오래 사세요…" 벽에 내 맘을 남긴다

# 강화식당

맛집으로 소문난 전주집을 찾아
충무로 인현시장으로
그리고 보니 거울이번
도루묵구이, 도루묵찌개 먹으러 자주 가는
삼각지 허름한 식당 이름도 전주집
사람들로 시끌벅적 만원인 전주집
쑥스러운 혼술족
손님 없는 근처 강화식당으로 들어간다
안녕하세요? 고향이 강화도이신가 봐요
네. 고려산 근처인데.
지금 진달래 축제가 한창이에요
메뉴판을 바라본다
이면수구이… 크기가 얼만 하죠?
크기를 보여주겠다고 들고 오신
참치만 한 이면수가 너무 커서
소주에 오징어 볶음 안주를 시키고
밤늦은 시간 주인아주머니는 가게 입구에서
두리번두리번 누군가를 기다리신다.
손님은 그냥 지나쳐 보내도

애타게 기다리는 그분은 누구일까

오늘 왜 안 오시지… 오실 때가 됐는데…

걱정하시며 이웃 건물 옥상에 사신다는

할머니를 기다리신다

손님들이 남긴 공깃밥 잔반을 모아두면

할머니가 병아리와 새 먹이 준다고 받으러 와요

오실 때가 됐는데 안 오시네

가게 안에 손님은 없는데

손님보다 할머니를 더 기다리고 계신 주인아주머니

손님들이 배고프지 않아야

공깃밥에 밥이 좀 남아야

할머니네 새와 병아리들은

배를 곯지 않겠네

손님들이 배고파 잔반이 없는 날은

옥상 할머니 새들도 배고픈 날

식당에서 밥을 먹을 때면

혹시라도 공깃밥을 다 못 비우면

어릴 적 외할머니 말씀

밥 남기면 벌 받아요… 어여 다 먹어…

그 말씀 생각나곤 하는데

이곳 강화식당에선

외로운 옥상 할머니 새와 병아리 생각하면

맘 편히 밥을 남길 수 있겠네

인현동 강화식당에는

배고프고 술 고픈 사람들이 모이고

배고픈 새들을 먹이기 위해

늦은 밤 옥탑방 외로운 할머니가

밥을 얻으러 오고

매일 오는 할머니를 기다리며

혹시 무슨 일이 생기지는 않았나

걱정하며 기다리는 마음 착한

주인아주머니가 계시다

# 김치찌개

모처럼 폭염도 쉬어가는 밤
밤바람 서늘하게 불어오고
맥줏집 야외 테이블에 앉아
앞 테이블에 앉아 소곤소곤
대화 중인 섹시한 두 여성을
느긋하게 바라보며 간만에
안주도 시켜 맥주를 마신다
여유롭고 조금은 우아하게
느끼한 술안주 탓이었을까?
느끼한 내 상상 탓이었을까?
엉뚱하게 몇 년간 술안주로
생각해본 적 없는 김치찌개
돼지고기 넣은 김치찌개가
깜짝 내 머릿속에 등장한다

아가씨, 여기 계산해 주세요!
아니 손님 벌써 가시려고요?
네 심지찌개 먹으러 갑니다!
생각났을 때 바로 가야죠…
언제 혹 갈지 모르는 인생
하고 싶은 건 하고 가야죠…
생각났을 때 바로 당장이요…

## 시선집중

편의점이나 공원 벤치에서
가끔 혼자 술을 먹다 보니
심야라 보는 사람도 없고
종이컵 하나 사기도 뭐하고
나무도 살리고 환경도 살리고
이런저런 이유 막 갖다 붙여
소주나 막걸리는 컵 없이
병나발을 자주 불곤 한다
비 오는 날 제대로 된 안주
생각이 나 동네 물 좋은
실내포차에서 오돌뼈 안주에
장수 막걸리를 마시는데
나를 흘끔흘끔 쳐다보는
옆 테이블 손님들과 알바생
내가 혼자라서 쳐다보나?
오늘 화장이 잘 먹었나?
이십 년간 뭐 바른 적 없는데…

아니면 얼굴에 뭐 묻었나?

내 뒤에 연예인 앉아있나?

알바 힉생! 왜 서다봐요?

"사발 아까 갖다 드렸는데…"

"막걸리 사발 여기 있잖아요…"

# 오징어 볶음밥

몇 년째 집 근처 식당에서 점심으로 똑같은
스파게티를 먹는다는 송창식 아저씨처럼
내가 좋아하는 오징어 볶음밥을 자주 먹으러
갈 수 있는 집 근처 식당을 찾아보기로 했다
그렇게 집 근처 한식당, 중식당, 술집 등을
애타게 찾아 헤맨 지 벌써 여러 주가 흘렀다
긴밤천국, 양념이 너무 맵고 김치가 맛없다
산해진미, 오징어가 국산이 아니라 아웃
짱짱반점, 대왕오징어로 만드는 것 같다
버들주점, 안주라서 양이 많고 비싸서 아웃
헤헤분식, 양도 적고, 국물과 김치가 맛없다
몇 주간의 오징어 볶음 순례에도 찾지 못한 맛
약속이 있어 먼 길을 떠나 낯선 곳 어느 식당
강화식당, 인상 좋은 아주머니께 여쭤본다
(메뉴에 없지만) 혹시 오징어 볶음밥 되나요?
오징어 볶음밥 잡수고 싶소? 좀만 기다려요

그렇게 만난 오징어 볶음밥은 내가 찾던 맛
세상일 내 맘대로 쉽게 되는 거 하나 없지만
그래도 이렇게 멀리서라도 행복한 점심 한끼
인생사 쉬운 일 하나 없다지만 이렇게 엉뚱한
곳에서 답이 나타나기도 하는구나 하는 깨달음
"아줌마, 혹시 가게 이사할 생각은 없으시죠?"

# 편의점 도시락

사람 그립고 술 고픈 새벽 세 시
혼자 술 먹는 이에게 고마운
편의를 제공하는 밝고 빛나는
가게에서 소주와 도시락을 산다
도시락이 레인지에서 데워지는
몇 분간의 소음은 잠든 쓸쓸한
도시에 울려 퍼지는 락(Rock)
잠 덜 깬 식욕을 깨우는 음악
별다방 커피 한 잔 값도 안 되는
도시락엔 불고기, 떡갈비, 치킨,
볶음 김치, 나물, 계란찜…
평소 가는 국밥집에서도 주지
않는 맛난 반찬들이 가득하네
편의점 도시락은 술집 문 닫은
심야엔 최고의 주안상, 한정식
자주 오면 알바생이 불쌍히
여길 테니 아주 아주 가끔 만나자

나의 주안상 도시락 님아
편의점 예쁜 알바생 아해야
담에 내가 술 고파 또 오거든
박주산채일망정 없다 말고 내어라
장수막걸리와 도시락을 내어라

# 컵라면

공원 편의점
고흐의 별의 빛나는 카페 같은…
북극성을 바라보며 고흐를 생각하며
압생트 대신 컵라면
오늘은 뜨거운 물 조금 부어
에스프레소 새우탕면
어제는 미니 비엔나소시지 토핑한
오징어 짬뽕 컵라면
내일은 포장만두 몇 알 넣어
속 든든한 만두 컵라면
이 시간
차가운 밤하늘 아래 땅 위에
뜨거운 건 너뿐이구나
차디찬 밤의 온도를
뜨겁게 올려주는 너
삭막한 밤의 정서를
뜨겁게 울려주는 너
나를 뜨겁게 해준
너는 이렇게 식었구나

식지 않는 사랑 열정은 없을까?

오늘도 난 컵라면 바리스타가 되어

깊은 밤 쓸쓸함을 안주 삼아

고흐를 생각하며

압생트 대신

컵라면 한 컵을 들이킨다

# 외로운 사람들

크리스마스이브 분주한 거리
양꼬치구이집에 혼자 들어온 나
옆 테이블 커플의 시끄러운 대화
"남자 친구한테 잘 해줘…
 여자가 이해를 많이 해줘야 돼"
"네, 오빠도 언니한테 잘하세요"
직장 선후배 간의 훈훈한 대화
오가는 술잔 속에 변해가는 둘의 대화
"오늘 내 집에 들렀다 갈래?"
"왜 그래요? 저 그렇게 쉬운 여자 아니에요"
이미 둘은 술에 취해 부비부비 한 몸
오늘 둘이 뭔 일 나겠네

포장마차로 옮겨 꼼장어 구이에 소주 한잔
바로 앞 테이블에 앉은 커플
애절한 눈빛의 가난한 여자와 졸린 눈의 남자
부잣집 남자의 손목에서 빛나는 시계
생일선물로 다른 여자에게 받았다는 비싼 시계

지금 그 남자 앞의 여자도 선물 상자를 끼고 있다
갑자기 눈물을 흘리는 그녀
"월급 모아서 담엔 꼭 너 좋은 선불 해줄게요"
"화장품 세트인데 받아 주세요"
아가씨 그 남자는 당신을 사랑하지 않는 것 같아요
신파극을 더는 볼 수 없어
소주 한 병을 비우고 포장마차를 나선다
단골 이자카야에서 새우튀김에 소맥을 시킨다
내 옆에는 다정한 중년의 커플이 대화 중
오랜만에 만난 직장 동료 커플
여자는 이혼녀, 남자는 아직도 싱글
남자는 기분이 좋아 술을 퍼마시고
자꾸만 술을 못 마시게 말리는 여자
그래도 계속 술을 마시는 남자
"그럼 오늘은 없어! 나 그냥 집에 갈 거야!"
갑작스러운 여자의 말에 고분고분해진 남자
술잔을 내려놓는다
두 분 좋은 밤 보내시길

초저녁부터 자정까지 술집을 돌아다니며
아주 행복해 보이는 외로운 사람들을 만났다
다들 행복해 보여도 사람들은 다 외로운가 보다

# 불 꺼진 단골주점

예고도 없이 갑자기 문 닫은 동네 단골주점

근처 호프집에서 노가리에 쏘맥 몇 잔

집에 가는 길에 다시 들른 불 꺼진 주점 앞에 서서

내가 예를 다해 취할 수 있던 POSE는 멍한 PAUSE뿐

한참을 서서 그렇게 가게 안을 지켜보니

뿌연 창문 너머 주방 안에 조명이 켜지고

연기처럼 나타나 내가 늘 먹는 술안주를

만들고 있는 사장님의 뒷모습

고개도 들지 않고 바쁘게 칼질을 하고

팬을 돌리고 내가 좋아하는 단무지 무침을

작은 종지에 가득 담고 냉장고에서 술을 꺼내어

쟁반 위에 놓고는 잠시 동작을 멈추고 긴 한숨

그리고 고개를 돌려 어두운 창밖 거리를 쳐다본다

누군가를 기다린다

애써 졸린 눈을 크게 떠 그녀를 바라보지만

두 시선의 초점은 끝내 만나지 못하고

그녀 눈에 고이는 쓴 소주와 같은 눈물

비틀거리며 취한 눈으로 쳐다 본다

힘껏 출입문 손잡이를 당겨 본다
굳게 닫힌 문…
조명은 꺼지고 희미하게 서 있던 그녀는
어둠 속으로 사라지고
나는 힘껏 주먹을 던져 유리창을 두드린다
아쉬운 꿈마저 깨어 버린다
손을 뻗어 쟁반 술상을 더듬어 본다
내 손등에는 피가 흐르고
새벽이 올 때까지 가게 앞에 서서
술상의 술잔을 들며
위안의 추억을 마시고 곱씹으며
익숙한 밤거리에 서서
길잃은 미아가 되어 있었다

# 꼬막

벌교에선 노인이 나이 들어
입맛을 잃어가다
꼬막에 대한 입맛나서 놓아버리면
이제 명이 다했구나 여긴다고 한다
문득 나에게 꼬막 같은
끝판메뉴는 뭘까 궁금해졌다
동태찌개, 꼬막찜, 고등어구이,
오징어 볶음, 낙지 볶음, 돼지 수육,
뼈 해장국, 해삼, 멍게, 꼼장어구이,
영덕대게, 광어회, 순대 볶음,
도토리묵, 취나물, 오이소박이,
총각김치, 동치미 국수, 안동국시,
열무 국수, 비빔냉면, 나박김치,
오이 냉국, 은행구이, 홍합탕
…
벌교 꼬막 이론에 의하면
나는 먹고 싶은 것들이 많아
끝판메뉴 정해지는 데
시간이 오래 걸려

뜻밖에 오래 살 것 같다
먼 훗날 저승사자가
장준혁 고객님 끝판메뉴 리스트
점검하다 시간 걸려 야근하느라
그래서라도 더 오래 살겠네

# 나의 반쪽

서교동 이자카야 사장님
오늘따라 왜 이리
말리 보이나
사장님 밥 좀 많이 먹고
살 좀 찌워봐요
미안한데 요새 체중이
얼마나 나가요
…:
네, 저요?
43~44kg 정도 나가는데요
네에? 그것밖에?
…:
서교동 스타일난다 골목에
내 반쪽이 있었네
내 반쪽이 여기 있었네
사장님 태진아 노래
동반자 한 곡 틀어주세요

# 와인과 스테이크

어떡해요 미안해서 조금만 더 기다려 주세요

곧 안주 만들어 드릴게요… 호호호…

(나) 네 천천히 해주세요

(이십 분 전에 시켰는데… 시작도 안 했단 말인가)

손님이 많아 혼자 바쁜 와인바 여사장님

(나) 더운데 뜨거운 불 앞에서 안주 만들면

힘드실 텐데 그냥 먹은 걸로 칠게요

아니요… 빨리 해드려야죠

조금만 기다리세요. 호호호

그런데요… 저희 가게에서

스테이크 팔면 잘 팔릴까요?

제가 스테이크 아주 맛있게 잘 굽는데

고기 사다 놓았는데 혹시 안 팔리면

냉동시킬 수도 없고 버려야 할까 봐 걱정이에요

(나) 그래요?… 그럼 안 되죠…

저 같은 (사장님 바라기) 손님들 몇 분 더

전화번호 받아 두었다가 고기 맛 갈 것 같으면

하루 이틀 전에 이렇게 문자 보내 봐요

"오늘 좋은 등심 들어왔어요.

싱싱한 스테이크 드시러 오세요."라고…

그럼 다 일 거예요

그리고 그중 몇 분은 스테이크 먹으러 올 거예요

저같이 눈치 빠른 나이 든 남자 손님들은…

스테이크가 잘 안 팔리나 보네… 생각하며

네에엥?(눈이 휘둥그레지며)

정말이요? 호호호…. 감사합니다.

아 참… 안주 만들어 드려야지…

(나) 네… 천천히 주세요…

(감자튀김도 이렇게 오래 걸리는데 스테이크

안주는 얼마나 오래 걸릴까;;;)

# 미스 하겐다즈

술집 영업시간도 끝난 야심한 밤
서교동 술집 골목을 혼자 걷는다
갑자기 고요한 밤의 정적을 깨며
나를 향해 다가오는 하이힐 소리
우아한 분내 달콤 향수 흩날리며
내게 달려오는 예쁜 어린 아가씨
"오빠앙" 소리치며 내게 안긴다.
더운 여름이라 입은 듯 안 입은 듯
얇은 하얀 블라우스 속의 살들이
내 가슴과 겨드랑이 사이 속으로
"신이시여… 제게 이런 선물을"
"오빠앙… 오빠앙… 잉잉 오빠앙"
애교를 부리며 파고드는 아가씨
내 맘처럼 시커먼 거리 복판에서
심장이 얼어붙어 굳어버린 내 몸
"오빠 하겐다즈 하나만 사주세요"
혀 꼬인 소리로 웅얼대는 아가씨
오! 나의 미스 하겐다즈 씨여!

("내가 하겐다즈 대리점이라도

하나 크게 그대에게 내주겠소")

그렇게 둘이 하나가 되는 순간

"야!…

 너 술 많이 마시지 말라고 했지"

미스 하겐다즈의 핸드백을 들고

소리치며 헐떡이며 뛰어오는 남자

엉겨 붙은 우리 둘 앞에 다가와

"미안해….

 그냥 하드 말고 하겐다즈 사줄게

 그러니까 화 풀고 먹으러 가자…"

미스 하겐다즈와의 별똥별 같은

만남은 그녀의 체취와 체온을

내게 남기고 쓸쓸히 사라져 갔다

사줄 돈이 없어 슬픈 족속이여…

돈 있어도 먹고 싶은 거 사라지고

사달라는 이 없어 더 슬픈 나여…

# 별 헤는 밤

어둡고 쓸쓸한 밤
우울증에 걸린 내 붓으로
마구마구 검정 칠해 놓은 것 같은
까만 캔버스 같은 밤하늘
외롭게 빛나는 별들을 바라보며
먼저 간 가엽고 착한 영혼들을
문득 추억한다 그리고 소리 없이 불러본다
어둡고 쓸쓸한 내 맘 밝혀줄
방향 잃은 내 눈길 내 시선 잡아 줄
그리고 저기 저 외롭고 착한 영혼들의
친구 되어 줄 빛나는 새별들을
팔 높이 뻗어 내 마음속 길고 긴 바늘로
밤하늘을 콕콕 찔러본다
별을 보는 사람의 애절한 맘도
알아 달라고 한번 헤아려 달라고
이렇게 너를 항상 생각하고 있다고
내 마음 찌르는 내 맘속 바늘 뒤집어
하늘을 향해 콕콕 찔러본다

여기도 콕 저기도 콕

더는 외롭지 말라고 콕콕

항상 널 기억하고 있다고 콕콕

콕 콕 콕 콕 콕

# 킹콩

명동에 있던 가톨릭 병원으로

아버지는 형과 나를 데리고

아버지 친구 병문안을 마치고 나와

조금은 우울하신 표정으로

근처 허리우드 극장으로 영화 '킹콩'을 보러 갔었다

아버지는 킹콩 영화를 보고 싶으셨다

킹콩이 상영하는 극장으로 걸어가다

날아라 태권브이 만화영화

전단을 본 나는 그 자리에 멈추어

그 영화를 보자고 우겼다

아빠는 킹콩을 보러 가자고 하셨고

나는 태권브이를 보고 싶다고

울고불고 난리 치며 바닥에서 데굴데굴 굴렀다

킹콩을 먼저 보고 나중에 태권브이 보면 안 될까?

아빠의 설득은 먹히지 않았고 어린 나는

울며 소리치며 태권브이를 외쳤다

결국 우리 셋은 날아라 태권브이를 봤다

가끔 대한극장, 허리우드극장이 있던

충무로나 낙원동을 지날 때면

킹콩 영화가 생각나고
아버지가 떠오른다
DVD를 사서
결국 보게 된 70년대 킹콩 영화
아버지가 자꾸 떠올라
제대로 보지 못하네
아버지,
킹콩 영화 함께 보게
허리우드극장에서 다시 만나요
언제든지요


그때는 정말 죄송했어요

## 맨발의 청춘

초저녁부터 영동대교 근처 술집에서
부어라 마셔라
이곳저곳 술집 다니다가
혼자 남은 난 너무 취해
청담동 골목가 벤치에
구두를 벗어놓고
잠이 드네
새벽 한 시 동네 아주머니
나를 흔들며 깨우네
이를 어쩌나
개 아니면 고양이가 물어갔나
구두 한 짝이 없네
말쑥한 정장 차림에
한쪽은 구두 다른 쪽은 양말만 신고
아직 인파 많은 청담동 거리를 거니네
구두 살 가게도 문 닫았고

높이가 달라 걸음걸이가 불편해

구두 한쪽마저 버리고

아예 두 쪽 다 양말 차림으로

그냥 걸을까 아니면

이 상태로 계속 걸을까

고민하다가

둘에서 갑자기 하나가 된다는 것이

얼마나 슬프고 불편할 것인가를 생각하며

술 좀 곱게 먹자는 다짐 속에

두 발 모두 맨발 차림으로

청담동 거리 많은 인파 속에서

잡히지 않는 택시를 잡고 있었다

# 우연

여의도 쌍둥이건물 동관 9층에서
일하던 시절 계열사에서 전출 온
동갑내기 직원 집들이가 있던 날
신혼집은 송파 작은 평수 아파트
와이프는 어떤 사람일까 젤 궁금
모임 시간까지 시간이 조금 남아
채널을 돌리다 EBS 채널에 고정
낯선 외국 피아니스트의 연주에
넋을 잃고 약속을 잊고 폭풍관람
연주가 끝나 후다닥 약속장소로
사이다 컵에 소주로 후래자삼배
늦어 미안한 마음에 술잔은 계속
그 와중에 흘끔흘끔 쳐다본다
새댁은 지적인 외모의 멋진 여성
손님들은 모두 가고 만취한 나와
신혼부부랑 셋이서 얼떨결 취침
새벽 다섯 시 철문에 쾅 부딪히는
신문소리에 잠 깨 벌떡 일어난 나

짙은 어둠 속 안방에서 나오던
그녀는 나를 보고 귀여운 비명을
뒤도 안 돌아보고 현관으로 도주
며칠 후 미안한 맘에 친구를 통해
전달한 선물 그리고 또 며칠 후
그녀가 내게 선물 감사했다며
보내온 선물 'monologue' 음반
설레며 들어본 음악은 놀랍게도
그날 나를 모임에 늦게 했던 그
피아니스트, 앙드레 가뇽, 그의
슬프도록 아름다웠던 피아노곡들
인연처럼 느껴졌던 놀라운 우연

# 축구화

축구를 좋아하는 나는
딱딱한 구두를 신을 때면
축구화를 신고 다녔으면
좋겠다고 생각했다
어느 날 축구화와 함께
검은색 스프레이를 샀다
축구화를 스프레이로
검게 물들이자 검은색
축구화 구두가 생겼다
그렇게 검정 스프레이로
남의 시선들을 지웠다
매일 매일 거리를 걸으며
공원 잔디 위를 걸으며
차려입고 시내를 걸어도

내가 축구화를 신었는지

내가 검정 구두 차림인지

나도 누구도 아무도 모른다

나도 누구도 아무도 관심 없다

남의 시선을 지워버리니

이렇게 좋을 수가 없다

# 빙고

외삼촌네 진돗개가

동네 이름 모를 아담한 개와

눈이 맞아 태어났다는 잡견 빙고

엊그제 우리 집에 새끼강아지로

처음 왔던 것 같은데

벌써 십여 년의 세월이 흘러 너도 많이 늙었구나

아무리 맛난 음식을 사다 주고

네가 가장 좋아하는 뼈다귀를 왕창 갖다 줬어도

빙고 너를 생각할 때면 늘 맘에 걸렸던 건

네 짝을 구해주지 못했던 거…

아무리 좋은 집에

좋은 방석에

맛난 음식을 먹어도

집 마당에서 온종일 기다리며

매일 매일 얼마나 심심하고 외로웠을 거란 걸

잘 알면서도

같이 놀 친구를 만들어 주지 못했던 거…

그런 네가 어느 날 집을 나갔고

빨리 돌아오길 바랐지만…

아마도 어릴 적 내가 읽었던 책 속

동물들의 전설과도 같은 이야기…

어떤 농불늘은 죽을 때가 되면

아무도 모르는 곳으로 가서 죽는다는…

그래서 너도 죽을 때가 되어서

네가 가야 할 전설 속의 그곳으로 간 것이라면…

그게 정말 맞다면 다음 세상에서는

우리 아니 사람 품으로 오지 말고

맛있는 음식 넘쳐나는 넓고 넓은 초원 벌판에서

너 닮은 예쁜 색시 강아지 만나서

귀여운 새끼 낳고 초원을 뛰어다니며

행복하게 잘 살기를 바란다

# 아틀란티스

업무차 부산으로 출장을 갈 때면
아무도 모르게 남포동에 있는
선원 모집 인력사무소를
기웃거리곤 했다
나의 오랜 암송 시
존 메이스필드의 '바다가 사뭇 그리워'의
시구 같던 그때 내 마음
하얀 고래를 찾아 떠나고 싶었던 내 마음
어릴 땐 글자가 너무 작아서 읽을 수 없었던
이젠 나이가 들어 나빠져 버린 시력 때문에
읽지 않고 있는
아버지가 읽으시던
하얀 표지의 책
'백경' 속의 흰고래
모비딕을 찾아 떠나자
모비딕아 기다려라
너랑 같은 과 같은 종 같은 목
술 상무 술고래인 내가 간다

오늘은 인천 앞바다에서
아틀란티스로의 밀항을 기다리고 있는 나
어제 꿈속에서 세약금으로 고래에게 수기로 한
대왕오징어의 양이 적었나
나를 태우러 오기로 약속한 향유고래는
끝내 나타나지 않고
차가운 바람만 무심하게
나를 육지로 떠미는
연안부두의 밤

# 갈비탕을 먹은 날

맛있다고 소문난 갈비탕집에서
어머니와 함께 갈비탕을 먹는다
왕갈비를 들고 갈빗살을 뜯는다
질기지도 않은 부드러운 살들은
뜯어도 뜯어도 웬일인지 그대로
갈비에 붙어있는 살코기를 보며
졸고 있을 잡견 빙고를 생각한다
사장님 비닐봉지 한 개만 주세요
비닐봉지에 가득 담기는 뼈들
늙은 잡견 빙고를 향한 내 마음
비닐 가득 부풀어 올라 풍선처럼
푸른 하늘 위 구름처럼 흘러흘러
햇살 가득한 빙고 집 앞에 털썩
잔디 위 갈비뼈를 하나씩 하나씩
꼬리 치는 빙고에게 던져 준다

오독 오도독 맛있게 갈비뼈를
뜯어 먹는 늙은 빙고를 바라보는
행복하고 따뜻한 오후의 휴식
맛있는 갈비탕을 먹어 어머니도
나도 빙고도 모두 행복한 하루

# 가자미를 구워 먹으며

오늘은 월급날
급여일이면 항상 잊지 않고, 챙기는 건
어머니에게 드리는 용돈
적지 않은 돈일 수도 있지만,
어떤 금액의 돈도 많다고 생각되지 않는 돈
어떤 액수의 돈도 적다 생각 안 하실 돈
몇 년 전부터 돈의 액수를 늘리는 대신
늘리는 만큼의 돈은 어머니와 함께 쓰기로 했다.
그렇게 시작한 것이 함께 장보기
치킨 족발과 술을 사서 함께 시간을 보내기
동네 마트에서 장 봐와서 어머니와 함께 식사하기
얼마 전 마트에서 늦은 저녁에 장을 보며
여러 가지 먹을거리를 고르다가
커다란 가자미와 갈치를 사와
집에서 늦은 저녁을 어머니와 먹으며 얘기를 나눈다.
족발 뼈다귀는 강아지에게 별생각 없이 주곤 했는데
이 커다란 가자미 생선뼈는 너무 크고 날카로워서
이 뼈는 강아지에게 주면 위험하겠으니
나는 주어선 안 되겠다고 말하고

어머니는 강아지가 알아서 잘 먹을 테니

줘도 된다고 하시고

그렇게 승강이를 벌이다가

강아지에게 맛난 걸 던져 줄 때의 그 기쁨을 놓치기 싫어

살을 많이 남겨 놓은 가자미들을

생선뼈째로 주고 들어와

창문으로 강아지를 몰래 쳐다본다.

껍질과 살은 광속으로 먹어 치워도

내가 걱정했던 뼈는 먼 산을 보며

삼킬 수 있을 때까지 천천히 꼭꼭 씹은 후에 삼킨다.

강아지도 참 영리하구나

다음 날 낮에 어머니와 마당의 잡초를 뽑으며

생각해본다

행복이란 무엇일까?

# 속독의 비결

나는 남들보다 아주 빠른
속도로 책을 읽는다
그래서 남들보다 더 많은
책들을 읽을 수 있다
속독과 다독 나만의
놀랍고 평범하고 시시한
특급 비법은
'대충 읽는다는 것'이다
중간고사 기말고사가
사라진 나이 든 사람은
책을 읽는 것도
사람을 만나는 것도
내게 다가오는
인생사 일들도
모든 일에 다
너무 진지해지지 말고
때론 대충 임하는 것도
잘사는 비법 중의 하나다

…

라고 또 나는 대충대충

다짐하려고 한다

# 나방파리

코엑스 주차장 화장실
오줌 누러 변기 앞에서
지퍼 내리고
사격 자세 잡는데
내 눈 바로 앞에 가만히
앉아있는 작은 나방파리
나를 보고 반갑다고
날갯짓을 하네
야 조그만 생명아
이곳에 어쩐 일로 왔냐
너도 오줌 누고 똥도 싸니
너도 너를 낳아준
부모가 있었고
할아버지가 있었고
그리고 그 위에 머나먼
조상들이 있었겠네
너는 어디 살다
이곳 지하 화장실까지
내려오게 되었니

우리 둘이

이곳 지하 어두침침한

화장실에서 만나

이렇게 다정하게

아침 인사를 나누게 될 줄

네가 알았겠냐

내가 알았겠냐

어쨌든 반가웠다

이따 퇴근할 때

또 보자

어디 가지 말고

## 마지막 잎새

늦은 밤 공원 벤치에서
떨어지는 낙엽을 보며
혹시 누군가 나처럼
낙엽을 보며 맘 아파할
그 누군가를 위해
투명 스카치 테잎으로
가장 높이 있는
나뭇잎 하나 골라
몰래 가지에 꼬옥
붙여놔야겠다는
예쁜 생각을 하는 밤

# 천화(遷化)


자연을 사랑한 알코올 중독자 노인

깊은 산 속 자연인 되어

사계절 잘 보내다

기력이 다한 어느 쓸쓸한 가을날

첫사랑을 만나러 가려는 듯

오랜만에 냇가에서 깨끗이

목욕재계 후에

따뜻한 양지에 앉아

술을 마신다

취기가 오르고 불어오는 쌀쌀한

가을바람 피하려고

근처 움푹 팬 구덩이 속으로

들어가 졸다가 자세 잡고

몸을 누이고

불어오는 가을바람은

그 노인 위로 춥지 말라고

흙과 낙엽을 덮어주고

노인은 따뜻하다고

깊은 잠에 들고

그 날 이후로

그 노인을 본 사람은

아무도 없었다

# 신문지

사람들로 넘쳐나는 종로 거리를 걷다

화단석 위에 놓여진 신문지를 만난다

문득 드는 생각

갑작스레 비가 오는 날엔 우산이 되고

벤치에서 도시락 김밥 까먹을 땐

고마운 식탁보가 되고

차디찬 계단에서 휴식할 땐

따뜻한 방석이 되고

햇볕 쨍쨍 뜨거운 날엔

모자도 되고 차양도 되어주고

땀 줄줄 등줄기에 흐르는 무더운 여름날엔

시원한 부채가 되고

엄동설한 찬바람 부는 날엔

따뜻한 이불이 되어 주고

때론 모닥불 장작이 되기도 하고

누울 곳 깨끗이 먼지 털어주는 빗자루가 되기도 하고

불현듯 떠오르는 허접 시상을 옮겨 적는 원고지가 되고

돌돌 말면 꿀잠 불러오는 안락한 베개가 되고

길게 돌돌 말면 방망이가 되어 운동하는 즐거움을 주고

관심 없는 재테크면이나 주식 시황표를 빤히 보고 있자면

값비싼 수면제처럼 잠이 스르르 오게 해주고

거리에 버려져 아무도 거들떠 보지 않는

신문지 뭉치 하나가

거리에 넘쳐나는 소용 잃은 사람들에겐

'노인과 바다' 샌디에고 할아버지의

오래된 신문지 친구만큼이나

소중한 친구가 되어 주겠네

# 연필

책상 위에 연필이 없었을 땐 몰랐었다
나무 연필 한 자루가 책상 위에 놓이고
연필 속 까만 연필심과 인사하기 위해
오랜만에 칼을 들어 연필을 깎아본다
갈색 연필이 책상 위에 놓이고 나서
하얀 종이도 책상 위에 놓이게 되었다
책상 위에 연필과 종이가 함께하니
둘은 마주 보고 볼을 비비고 대화하며
멋쩍게 야금야금 글을 써 내려 간다
길고 조용한 나무동굴 속 까만 연필심은
금맥 같은 글맥이 동면하고 있는 곳
연필 속 길고 긴 태곳적 암흑 동굴 속엔
내가 아직 보지 못한 많은 글과 얘기들이
화석이 되어 침묵하며 잠자고 있다
연필 속 길고 어두운 해저 터널에는
비를 맞으면 화석의 잠에서 깨어나
사랑과 슬픔, 행복과 고독의 조류를
자유롭게 떠다니는 많은 시어詩魚들이
서로 멀리 떨어져 외롭게 살고 있었다

# 뇌물

친구야
내가 힘들어도
이 돈은 못 받겠어
어쨌든 고맙네
…
그럼 뇌물로 생각하고
나를 욕해도 좋으니
그냥 받아줘
나도 대가를 바라고
주는 거니까
나중에 꼭 잘 돼서
이거 몇 배로
나하고 주변에
갚고 베풀라는…
미안해할 것 없고
뇌물죄 걸리지 않게
아무도 모르게
조용히 그냥 받아줘
…

때론 어려운 친구를 돕는 게

그 어려움만큼

어려울 때가

있나 봅니다

# 알카트라즈 탈출

학생 시절 어느 추운 겨울날
집으로 가는 74번 좌석버스 막차를 탔다
술에 만취해서 버스 맨 뒷자리에서 잠이 든 나는
뒷좌석 다섯 자리를 점령하여 주무시다
운전기사 아저씨의 시야 사각지대인
좌석 밑으로 떨어졌고 결국 종점에서 못 내리고
동태처럼 꽁꽁 얼어버린 좌석버스 안에 갇히고 말았다
새벽 두 시 반 추위에 깬 나
단단한 유리문은 발로 차도 꿈쩍 않고
탈출할 수 있는 통로는
운전석 옆의 내 머리 하나 간신히 통과할 것 같은
작은 환기창
이대로 얼어 죽을 것인가 탈출을 시도할 것인가
고민하다 작은 창문으로 내 몸을 던졌다
머리는 간신히 통과했는데
내 풍만한 닭가슴살이 창틀에 꼭 끼어버렸다
전진도 후진도 불가능한 상황
내일 뉴스에 얼굴만 좌석버스 밖으로 내민 동사체 발견
이란 끔찍한 뉴스 기사 제목이 떠올라

각고의 몸놀림 끝에 간신히 머리부터 땅으로 착륙한 나

휴 살았다~ 안도감도 잠시…

아뿔싸! 내 가방?

가방을 두고 내렸다

내 보물 워크맨이 들어 있는데

그냥 갈 수 없다

다시 버스 안으로 기어들어가는 나

이번에도 창틀에 꼭 끼어버린 몸

간신히 그냥 다시 밖으로 나오는데

비몽사몽 부지불식간에

예전에 보았던 영화 '알카트라즈의 탈출' '쇼생크 탈출'

주인공들이 내게 귓속말을 건넨다

나는 영하 15도의 추위에 웃옷을 모두 벗고

그 비좁은 창틀 사이로 들어가

보물이 든 내 가방을 들고

무사히 그 무시무시한

알카트라즈를 탈출할 수 있었다

# 개는 후각이 뛰어나다

시원하게 목욕을 마치고 약암온천 야외주차장에서
갑자기 출출함을 느낀 난 차 트렁크를 뒤지다가
예전에 먹다 남긴 육포 한 조각이 든 봉지를 발견한다
그 순간 그 냄새를 맡고 주차장 옆 작은 창고에서
슈나우저 한 마리가 하이에나처럼 내게 달려온다
꼬리도 흔들지 않고 육포와 내 눈을 번갈아 노려본다
한참을 고민하다 반으로 갈라 서로 나눠 씹는다
육포가 사라지고 슈나우저도 가버리고 혼자서
주차장에 잠시 서 있는데 가족을 따라 온천에 온
강아지들이 내게로 달려온다 내 손가락을 바라본다
아까 육포를 쥐고 있던… 고민하다 육포를 반으로
갈라서 슈나우저에게 던져 주었던 내 검지 중지를
바라보며 꼬리를 흔든다. 개는 참 후각이 뛰어나다

# 왜 사랑이 변하니?

동대문 헌책방 거리를 찾아 헤매다 잠깐
목을 축이러 들어온 종로의 동네 호프집
우연히 엿듣게 된 어느 커플의 슬픈 대화
오늘도 집에서 온종일 술 퍼마셨냐?
아이고 이 아저씨야… 그러다가 죽어요
왜 밥을 안 먹는데? 이렇게 뼈만 남아서
제발 죽으려면 나 없을 때 다른 데 가서
확 뒈져 버려. 나 있을 때 놀래키지 말고
손이 없냐 발이 없냐 왜 밥 안 먹고 굶어?
오늘도 굶었다는 풀죽은 오십 대 아저씨
배곯은 아저씨 데리고 와 어묵탕에 소주
사주며 밥 좀 해먹으라 타박하는 아줌마
서로를 부르는 호칭으로 봐서는 같이
산 지 몇 년 안 돼 보이는 외로운 중년들
실직한 남자와 일 나가는 당당한 아줌마
가만히 혼나던 아저씨의 조용한 항변
그럼 아침에 밥이라도 얹혀놓고 나가

야 이 인간아 넌 손이 없냐 발이 없냐
내가 얼마나 바쁜지 알면서도 그러냐
밥이라도 해놓으면 오뚜기 짜장 소스
사다가 비벼서 밥을 먹어보도록 할게
나가기 전에 오 분만 시간 내면 되잖아
네가 쌀 씻어 밥하면 되지 왜 자꾸 그래
혼자 집에 누워 있으면 밥하기도 싫어
답답하고 측은하기도 해서 아저씨에게
햇반 사 드세요, 라고 얘기를 하려다가
오뚜기 짜장 소스를 아는 사람이 햇반의
존재를 모를 리 없을 테고 저렇게 계속
밥을 해달라고 부탁하는 건 아마도
마지막 남은 알량한 아저씨의 자존심
자기를 챙겨주길 바라는 아직도 자기를
사랑하는 맘이 남아 있는지를 묻는
외롭고 슬픈 외침처럼 내게 들려왔다

밥은 안쳐 놓고 나가란 말이 갑자기
아직도 나를 사랑하기는 하는 거니?
라고 흰청처럼 들리고 한내는 불같이
뜨거웠을, 그래서 살이라도 떼어 먹여
줄 것 같았던 시절이 이들에게도 분명
있었을 거란 생각이 들며 괜히 내가
번데기 안주 추가하며 소주를 들이켰다

# 단편소설

어디로 훌쩍 여행을 갈 때면
항상 두 손은 자동차 핸들에
수갑이 꼭꼭 채워져 있었다
혼자 떠나는 이번 여행에는
그 수갑을 훌훌 풀어 버리고
텅텅 빈 강릉행 버스를 탄다
자유로운 두 손은 동해로
향하는 짧은 몇 시간 동안
단편소설 하나를 써주었다
너무 외설적 너무나 우울한
너무 퇴폐적 너무나 허무한
단편소설이 쓰어 있었다
수갑이 풀린 두 손을 가진 내
뇌는 내가 감당할 수 없는
자유를 누리고 있었나 보다
바다를 보며 별빛을 안주로
술 마시고 바람과 얘기하고
서울행 버스 타고 돌아오며

모범적이고, 매우 활달하고,
사고가 건전하다고 알려진
또 다른 나는 기억 속에서
그 단편소설 원고를 시커먼
종이 파쇄기에 꾸역꾸역
힘껏 밀어 넣고 있었다
하얀 마스크를 다시 얼굴에
조용히 뒤집어쓰고 있었다

## 이경원

주머니 속 지갑에 이만 원이 들어 있다
중학교 때 '이만원'이란 친구가 있었다
이만원의 동생 이름은 '이천원'이었다
물건값이 이만 원일 때면 가끔 생각난다
지갑에 만원 두 장이 있을 때면 생각난다
생각해보면 이 만원이란 이름 말고도
사 씨 성을 가진, 오 씨, 육 씨, 구 씨 성의
사만원, 오만원, 육만원, 구만원이란
비싸고 멋진 사람도 살고 있을 것 같다
그리고 보니 조원과 경원이란 이름을
가진 내 주변 사람들이 남달라 보인다
나랑 술자리를 오십 번은 함께 했던 것
같은 당산역 근처 사는 이경원 선생님
우리 오래오래 살아서 이경원 선생님
이름 값어치만큼만 술값으로 써보고
건강을 위해 독하게 술을 끊어 봅시다.

# 왓슨즈에서

물티슈를 사러
손님 한 명 없는
왓슨즈에 들어온 나
향수 판매대에서
사지도 않을 여자 향수
이것저것 킁킁 맡아 보다
물티슈 세 개를 들고
카운터에 올려놓았더니
아까부터 나를 지켜보던
어린 여자 알바생
표정이 이상하다
아이고
이게 아닌데
나는 얼른 다시 뛰어가
물티슈를 들고 온다
…
내가 아까 들고 왔던 건
물티슈가 아닌 여성용품

# 65년도 만화를 보다

1965년도에 발행된
아주 오래된 만화책을 읽었다
맨 마지막 장에
만화가가 쓴 인상적인 글
연재하는 자기 만화를
빨리 보고 싶어하는 독자들
특히 먼 지방에 사는
독자들에게
자기도 열심히 만화를 그리고 있으니
독촉을 자제해 달라는 부탁이었다
1965년도에
그 만화의 연재를 빨리 보고 싶어
다음 편을 기다리느라
시간이 멈춰진 것 같이 느껴졌을 그때의
독자들은 지금 무얼 하고 있을까
칠십 대에서 팔십 대 또는 이미
저세상 사람이 되어 있을
1965년도의 독자분들

52년이 흘러 당신들이 그렇게
기다리던 만화를
이제서야 본 나는
그대들이 지금 무얼 하고 있는지
그렇게 그대들을 열광케 했던 이 만화를
아직도 기억하는지
그대들이 아직도 살아 숨 쉬고 있는지를
생각하며 별 내용 없이 조금 웃긴
1965년도의 만화를 보며
난 세월을
인생의 무상함을
낄낄거리며 반복해서 넘기고 있습니다

# 아현동을 지나며

시끌벅적한 신촌과 이대를 지나

인적 드문 아현동 거리를 지날 때면

한적한 거리, 드문드문 보이는 사람들 사이로

떠오르는 많은 얼굴들

한참을 숨참은 고래가 물 위로 떠오르듯

내 기억 속으로 튕겨 들어오는 얼굴들 그리고 추억들

어둡고 차가운 거리를 밝혀주는 가로등 불빛처럼

따듯하고 밝게 피어오르는 기억들

여의도와 마포에서 술 마시다 버스 끊기면

비틀비틀하며 찾아가던 아현동 옥탑방 친구 집

안줏거리 없나 열어 본 냉장고 속에는

투게더 아이스크림 한 통만이 덩그러니 놓여있었고

뜨거운 젊음을 연료 삼아

눈 내리는 추운 겨울밤

투게더 한 통을 퍼먹으며 소주를 비우고

우린 알코올과 행복을 채웠다

외로울 때면 들렀던 '비밀'이란 이름의 술집

외로워서 고양이 여러 마리와 함께 산다는 그곳 바텐더

고양이를 닮은 그녀의 집도 아현동 어딘가라고 했다

'애기얼굴'이란 내 단골 술집의 매니저
그림을 좋아했던 그녀가 태어난 곳도 아현동이었다
미술을 반대했던 아비지가 미술 노구늘을
모두 내다 버려 그녀를 슬프고 아프게 했다던
어린 시절의 아픈 추억이 깃든 동네가 아현동이라고 했다
'빨강' 와인바에서 알바를 했던 양주회사 다니는 별이
집이 인천이라 마지막 버스가 끊기면 아현동에 사는
'남자를 좋아하는 남자 사람 친구' 집에서
신세를 지곤 한다는 인상적인 얘기를 들려주던
그녀의 술 마시는 밤 아지트도 아현동이라고 했다
오랜만에 다시 찾은 아현동 거리
오래된 골목과 집들은 자취를 감추고
회색빛 아파트 숲이 아마존의 열대우림처럼
하늘을 뒤덮을 듯 무성하게 자라나고 있다
이제 다시 어느 눈 내리는 겨울날
아현동 사거리에 우연히 다시 온다고 해도
그 눈 내리던 겨울날의 하얀 눈만큼 하얗던
투게더 아이스크림을 안주로 내놓던 친구가
오롯이 다시 생각이 날까

고양이를 닮은, 미술을 사랑했던, 양주 회사에 다니던
그 바텐더, 카페 매니저, 와인바 알바생의 얼굴 그리고
그들과 나눴던 대화들이 다시 떠오를까?
너무 변해버린 이곳, 이곳이 여전히 아현동인 것일까?
아니면 내 기억과 함께 사라진 것일까?
이제는 사라져 버린 아현동 거리의 모습
함께 사라져 갈 오래된 얼굴들 추억들
그러고 보면 이 세상의 모든 거리와 골목은
사람이고 그리움이고 사랑이 깃든 추억이다

# 눈 오는 저녁

열두 살 때였던가
어느 겨울 눈 내리던 날
형과 내가 함께 쓰던 방에서
우리 네 남매가 모두 모여
따뜻한 온돌 위에서
캐시미어 담요를 두르고 앉아
조용히 책을 읽고
시시덕거리며 수다를 떨고
우리 방에 잘 들어오시지 않던
무뚝뚝한 아버지가 그날따라
그 방 좁은 틈을 비집고 앉으셔서
함께 책을 보고 웃고 이야기하시고
나는 누구에게 물려받았는지조차
기억나지 않는 오래된 책 향기 품은
조흔파 선생의 얄개 책을 읽고 있었고
커다란 창밖 너머로 간간이
동네 개들이 돌아가며 멍멍 짖고

갑자기 내 친구는 창문 밖에서

나를 부르며 눈 오는데 어서어서

놀러 나오라고 졸라대고

아버지는 우리에게 맛있는 간장 떡볶이

만들어 주시겠다며 부엌으로 나가시고

그렇게 서서히 창밖이 어두워지고

그래도 소리 없이 묵묵히 눈은 내리고

소리 없이 묵묵히 행복이 쌓이던

내 오랜 기억 속의

행복했던 눈 오는 저녁

# 카뮈를 읽다

여덟 살 소풍을 다녀온 날
집에 아무도 없어
문밖에서 기다리다 배고파서
가방에 남아 있던
삶은 달걀을 찾아 껍질을 까서
노른자는 내가 먹고
흰자 부위를 잘게 쪼개어
옆집 병아리들에게 먹으라고
던져 주었다
그게 어떤 일인지도 모르고…
그날 밤 나는
컴컴한 어둠 속에서
죽음에 관한 꿈을 꿨다
악몽을 꿨다
놀라 깬 나는 어둠 속에서
옆에서 자고 있는
형을 보고 형의 다리를
생명의 동아줄이라도 되는 양
꽉 껴안았다

그 이후로 나는 어두운 밤이면

깜깜한 천장을 바라보며

점자로 가득 쓰인

카뮈의 책들을 중얼중얼

소리 내어 읽으며

밤잠을 설쳤다

# 휴가 나온 군인

휴가 나온 외로운 군인 공원 벤치에 홀로 앉아
지나가는 여자들만 눈이 빠져라 쳐다보네
그 옆 벤치 혼자 앉아 계신 백발 할아버지
말동무 찾아 군인 자리로 다가가서 앉으시네
그 작대기가 계급이 뭔가?
우리 때랑 많이 달라서 내가 못 알아보겠어
나는 1952년도에 입대했어… 고향은 진해이고
혼자 심심하셨던 할아버지 방언 터지시고
둘 간 대화는 나이 많은 곳에서 적은 곳으로
폭포처럼 떨어지는 일방통행 일장 연설
건너편 벤치에 앉아 듣는 팔순 노인 무용담
플루타르크 영웅전만큼 재미있지만 오랜만에
휴가 나와 그 귀중한 시간 여자랑 알뜰살뜰
보내고 있어야 할 저 군인 불쌍해 어찌할까
강원도 읍내처럼 커피 두잔 값에 시시덕대며
말 붙여줄 늙은 아가씨들 있는 다방도 없고
옛날 나처럼 아무 버스나 타서 창문 열고
시내구경 하든지 지하철 순환선 타서 전차에
타고 내리는 귀한 여자들 구경이나 하지

왜 이리 날씨도 좋은 날 휴가를 나와서
공원 벤치에 앉아 제대한 지 60년이 넘은
팔십 대 노병의 배고프고 많이 맞고 힘들었던
영웅담을 저리도 착하게 눈 맞추며 진지하게
들어주고 있을까? 휴가 나온 착한 외로운 군인
휴가 나온 저 군인 불쌍해서 어찌할까

# 미스터리

커피 자판기 앞을 지날 때마다
이등병 시절 고참 몰래 새벽 경계근무 마치고
피엑스 앞 자판기까지 한참 달려가서
몰래 숨어 연거푸 커피 다섯 잔을 마셨던
불쌍한 기억이 떠오르고
영화관 매점을 지나치며
귀여운 여점원들을 볼 때면
군시절 피엑스에서 근무하던 이 모 군 얼굴이 떠오른다
그렇게 흠모하던 읍내 흙다방 미스 리
돌다방 미스 김, 거북선다방 미스 양
얼굴도 이젠 잊혀진 지 오래인데
피엑스 똥방위라 놀림 받던
방위병 이모군 미스터 리의
얼굴이 아직도 기억에
선명하게 남아있는 것은
왜일까?

무엇보다

무엇보다도

먹는 게

달달한 게

간절했던 때여서일까?

허 참!

쓸데없이

미스터 리 그 놈 얼굴이 떠오르는

참으로 미스터리(Mystery)한 밤일세

# 흉몽

꼭 따라오시겠다고 한다
입대하던 날도 안방에 계신 어머니께
잘 다녀오겠다고 인사만 하고
입영열차를 탔었는데
오랜만에 휴가 나온 둘째 아들
휴가 끝내고 강원도 가는 길을 굳이
따라오시겠다고 하신다
관절염으로 한 번도 면회를 오시지 못했던
어머니가 이번 휴가 복귀 길은
꼭 따라오시겠다고 한다
강원도로 향하는 버스 안에서도
근심 어린 표정으로
창밖과 나를 번갈아 바라보시는 어머니
터미널에 내려서 부대까지는
버스 타고 또 걸어가야 하는 먼 길
더 가겠다는 어머니를 만류하고 터미널에서
국수를 함께 먹고 어머니를 보내드린다

어제 어머니가 흉몽을 꾸신 것 같다

어머니 덕분에 나머지 군 생활을 잘 마친 것 같다

어머니의 직감은 소름 끼치도록 대단하신 것 같다

어머니 덕분에 무사히 군 생활을 잘 마친 것 같다

# 이명래 고약

가끔 처방전 들고 약 사러 들르는 약국

내 또래로 보이는 약사 아저씨

나를 위아래로 훑어보며

짧은 말 섞어가며 대답한다

분명 내 또래처럼 보이는데…

내가 어려 보이나

아님 저 인간이 절대 동안인가?

왜 반말투로 얘기하는 걸까

별 중요하지도 않은 나이 가지고

오카방고 초원 위 수사자들의

서열 싸움처럼 묘한

긴장감이 흐르는 약국 안의 두 남자

머리 위로 폭포수처럼 쏟아지는

차가운 에어컨 바람에 아찔 어지러움을 느낀 나는

오랜 내 건강 관심사의 단골

혈행 개선 혈행 순환 약에 대해

다시 물어본다

동안의 아재 약사는

생소한 이름들의 약 상자를 꺼내는데

'혈관콸콸', '머그나마나'…

아니 이 첨 보는 약들 말고…

거 유명한 그 약 줘 보세요…

"어떤 약을 말하나?"

"거 은행잎으로 만들었다는…

예전에 TV 광고 많이 하던 '기넥신'

이런 약은 없나요?"

순간 눈동자가 흔들리고 놀라는

아재 약사…

TV는 사랑은 싣고 배경음악이라도

흘러나오면 더 좋을 것 같은 그런 분위기 속에서…

갑자기 내게 말을 높이며…

"요샌 그 약이 잘 안 들어오고,

이 약들이 잘 나갑니다…" 하며

다시 한 번 내 외모를 위아래로 스캔한다

내가 그렇게 어려 보였나? 속으로 생각하며,

다시 한 번 질문을 한다

"내가 발등에 염증 생긴 거 때문에

고생했었는데…

요새도 이명래 고약 파나요?

종기에는 어릴 적 자주 썼던

이명래 고약이 특효약이죠…"

약사 아재 놀라며…

들고 있던 약 상자를 떨어뜨릴 뻔하고…

# 길

한 번도 가지 않은 길

정말 가보고 싶은 길

가지 말아야 할 길

그래도 가보고 싶은 길

더 늦기 전에 가보고 싶은 길

이제는 가고 싶지 않은 길

혹시 가게 될까 두려운 길

가고 싶어도 갈 수 없는 길

잠깐만이라도 가보고 싶은 길

추억 속에서만 갈 수 있는 길

영원히 머무르고 싶던 길

끝이 없이 이어지는 길

파뿌리 같은 여러 갈래의 길

어디로 가야할 지 모르는 길

어디 먼저 가야할 지 모르는 길

그래서 선택하기 더욱 힘든 길

인생이란 길고 긴 여러 갈래의 길

거 참 사는 거

재밌고도 힘드네

# 광고의 힘

이천육년 봄부터
이천십사년 겨울까지
비싼 바카디 럼(Rum) 대신
처음처 럼(Rum)을 마셨다
바카디 럼처럼
멋진 재즈 또는 뉴에이지 음악
그리고 하얀 셔츠 멋들어지게
차려 입은 예쁜 바텐더는 없어도
처음처 럼이라는 이라는 문구가
너무 참신하게 들려서
너무 강렬하게 내게 와 닿아서
처음처 럼을 팔년이나 마시며
그 녹색 술병에 붙어 있던
섹시한 광고 모델들이
구혜선 이효리 고준희 신민아로
바뀌어가는 것도 몰랐다
처음처럼
이 글귀 하나가 내 맘을
그렇게 오랫동안 아나콘다처럼

휘어 감고 있었나 보다

이천십사년 눈 내리는 겨울부터

나는 변했다

술병 레이블에 붙어 있는

글자도 눈에 들어오지 않게 만드는

이슬처럼 순수한 귀여움

동화 속 공주 같은 사랑스러움

이제 술 이름을 부르는 건

내게 배신과도 같은 일

어제도 난 나를 보고 환하게

미소 짓는 박카스의 여신

그녀를 바라보며 행복을 마셨다

맘 허전한 오늘 밤

텅 빈 술집에 홀로 앉아

그녀를 또 부른다

경건하게 낮은 목소리로

아이유 주세요

빨간 뚜껑으로요

# 개밥그릇

군시절 위병소 근처에 부대와 담벼락을
같이 쓰는 오래된 흙집 민가가 있었다
가끔 컴컴한 새벽에 경계 근무를 설 때면
고참들은 라면을 끓여 먹으려고 그 민가에
가서 할머니에게 냄비를 빌리곤 했다
내가 이등병 때 라면 마니아 S상병이
그 민가에 가서 냄비를 구해오라고 시켰다
춥던 그 겨울날 새벽
할머니는 주무시느라 창호지 문을 여러 번
두드려도 일어나지 않으셨다
전기도 안 들어오는 부엌은 문도 없이
열려 있어서 어두운 부엌 안을 더듬거리다
냄비 하나를 구해다 줬는데 S상병은
라면을 끓이더니 자기 혼자 맛있게
후루룩 소리 내며 먹었다
지난번에도 그러더니…
며칠 후 냄비를 씻어 할머니에게 갖다
드리러 갔는데 냄비 들고 오는 내 모습을
멀리서 보시자마자 할머니가 소리친다

아이고 거기 있었구먼… 내가 그거 찾다

며칠 동안 개밥을 못 줬어… 우리 집

개밥그릇은 왜 가져갔어?

…

네?…

S상병님 그때 라면 안 나눠주셔서 아주

감사했습니다. S상병은 아직도 그 냄비의

정체를 알지 못한다

# 파피용

메케한 화학 가스 스멀스멀 사방으로 기어 나오는

화생방 교장

뜨거운 태양 쨍쨍 내리쬐고 그 시커먼 가스실로

체크인 대기 중인 훈련병 군바리 투숙객들은

목을 죄듯 다가오는 공포와 두려움에

할 말을 잃고 우리 조의 시골 출신 순박한 동기생은

처음 맡아보는 씨에스탄 냄새에 이미 공포 제어 불가

난 안 돼. 최루탄 한 번 마셔본 적 없구먼

저기 가스실 들어갔다가 숨 막혀 뒈지면 어떡혀…

그러나 예외는 없는 법… 앞 조 들어가고,

붉은 철문 굳게 닫히고 이어지는 비명 소리, 기침 소리,

주먹과 군화로 철문 두드리는 소리, 군가 부르는 소리…

이제 우리 조가 들어가야 하는데… 이 시골 청년

가스실 입구에서 못 들어간다 버티네

조교들이 발로 마구 차도 바위처럼 꿈쩍 않고

저 죽습니다 죽어요 외치며 버티고 있네

간부가 다가와서 박달나무 지휘봉으로

우리 동기 머리를 사정없이 내리치네…

조교들한테 빙 둘러 싸인 그 친구

지휘봉 연속 타격을 철모 벗겨진 맨머리로 응수하는데

그러다 머리 터지고 피 줄줄 흐르고

지휘봉은 두 동강으로 부러지고

갑자기 그 친구 벌떡 일어서더니

빨간 모자 조교들의 원형 바리케이드 뚫고

근처 녹음 우거진 야산으로 미친 속도로 달리네…

간부는 지휘봉 부러졌다고 화내고,

조교들 낄낄대며 그 꼴 보고 웃고 있고,

간부는 저놈 빨리 잡아와 소리 질러대고

뜨거운 태양 빛은 작살처럼 내리꽂고

전투복은 마그마 같은 땀으로 젖고

멀리 산으로 뛰어 도망가는 그 친구 잡히지 말라고

맘속으로 응원하며 바라보다… 입장!

갑작스러운 조교 고함에 앞을 보니

씨에스탄 연기로 가득 찬 화생방실 괴물의

커다란 입이 열리고 나는 코와 입을 굳게 다물고

군화발을 살포시 그 냄새 나는 아귀 입속으로 내딛고…

# Plastic Umbrella

Didn't expect the rain that day

Cause it was fine and sunny in the morning

A plastic umbrella

Bought on the street at the sudden rain drops

Ran to the theater to meet you holding it

Wished you'd not bring your umbrella

To my joy,

Couldn't find an umbrella on your hands

So hot and stuffy in the theater…

Watching the movie, my mind was still kept

on the rain outside…

Wished it'd continue until after the movie

Happily,

After the movie, it rained harder than before

Even with some strong wind

Like the movie 'Wuthering Heights'

Seeing you home under the plastic umbrella

Did my best for you not to get wet in the rain

After say-good-bye,

I found my body was fully soaked by the warm

Summer night rain and

My mind was also···.

(Summer, 1994)

# 로베르네집

오랜만에 서교동 로베르네집을 찾다
십 년 전 처음 알게 된 오래된 친구와도 같은 공간
여럿이 또는 혼자서 자주 와도 언제나 편안함을 주던 곳
맥주 한두 잔 그리고 몰트위스키 또는 보드카 일곱 잔을
즐기던 공간
바쁘다는 핑계로 너무 오랜만에 와버린 나
로베르네집을 찾아온 것이 아니라
내가 보고 싶었던 건
어쩌다 웃을 때 귀여웠던 여주인
그리고 그녀의 까망 고양이
주머니 가벼운 작가들의 그림을 받아 주던
마음 착한 타일 벽들
언젠가 꼭 내 그림이 걸리길 바랐던 하얀 타일 벽들
언젠가 로베르네집의 다음 주인이 되어
가난한 화가들의 작품을 걸어주고 싶던 내 마음
일본 라멘집으로 변해버린 나의 로베르네집
이별도 못 하고 보낸 로베르네집
다시는 볼 수 없는 로베르네집의 타일 벽들,
진열장의 오래된 술병들

인파 가득한 홍대 호미화방 골목을 벗어나

합정동 한가한 국밥집에서 소주를 마신다 추억을 마신다

문득 떠오르는 그림 아이디어들

무지개 핀 하얀 구름 속을 둥둥 떠다니는 나

길을 걷다 만난 예쁜 낯선 카페 속으로 무작정 들어온 나

엄마는 안주를 만들고 엄마를 닮은 예쁜 딸은 서빙을 하고

문어 튀김, 홍합이 가득한 라면

소주 두 병, 기네스 여섯 병,

기네스가 더 없어서 코로나 한 병 더

나의 위대한 위 어느 구석에

인터스텔라 급 블랙홀이 생겼는지

마셔도 취하지 않는 날

"한 병 더 주세요…"

"자주 올게요."

"이제 영업 끝났어요 집에 가서 쉬세요 벌써 세 시예요."

(나의 로베르네집이 되어 주세요. 자주 놀러 올게요.)

"이번 주까지만 영업을 합니다."

다음 날 알코올과 함께 사라진 기억이여

떠나지 말고 돌아오라.

막걸리 신, 맥주 신, 소주 신, 양주 신,

모든 술의 신이시여,

좋고 설레던 순간의 기억은 데려가지 말고,

오래된 슬픔, 묵은 번민이나 데려가 주오.


로베르네집이여 고마왔습니다.

## 수리수리 말술이

할 일도 없고 고민도 없고 스트레스도 없는데
밤이 깊어도 잠이 오지 않아 술을 마셔본다
소주를 한 병 마시니 몸이 후끈 더워져
냉동실에 잠깐 넣어둔 시원한 맥주를 꺼내 마신다
얼음처럼 차가운 맥주 때문에
오싹해진 몸을 데우려 다시 소주를 마신다
다시 몸에 열이 나서 시원한 맥주를 마신다
술을 마시니 수리수리 말술이
시간 가는 줄 모르고 술술 넘어간다
꺼져있던 생각들이 불춤을 추고
머릿속에 쌓여있던 번뇌, 고민, 슬픔, 추억들이
편의점에 고르게 진열된 안주들처럼 되살아나
새벽이 오는 줄 모르고 마신다
시나브로 생각과 동작이 느려지고
아침 녘에 스르르 잠이 들 뻔하다가
술 때문에 가득 찬 방광을 비우러 이내 다시 깨어난다

할 일이 없어, 잠자러 술을 마셨건만

즐거운 할 일들과 반갑게 되살아난 생각들로

가득한 밤 to the 새벽…

술에 취해 나의 잠 님께서

먼 길 오시다가 나보다 먼저 잠드셨나 보다

# 기억 그 슬픔

길을 걷다가 십오 년 만에 우연히 만난 옛날 직장 선배
"딸은 잘 있죠? 이제 대학교 3학년 정도 되었겠네요!"
"니가 그걸 어떻게 알지?"
"그때 술에 취해 늦은 밤에 한번 형님 집에 들렀었죠…"
"아! 그래…"
"그때, 안방 입구 좌측 문틀 옆 벽에
 세로로 연결된 작은 세 개의 사진 액자가 걸려있었죠
 가운데 사진에 형님 딸이 해운대 해수욕장에 놀러 가서
 튜브 안고 찍은 사진이 걸려 있었죠. 맞죠?"
놀라는 형님
"그때 제가 애가 몇 살이냐고 물었었죠
 그때 일곱 살이었으니 대학교 3학년 정도 되었겠네요"
"미안, 니가 우리 집에 왔었는지조차 기억이…"
"그때 술 먹고 너무 늦어서 자러 갔었잖아요
 양말 벗으라고 해서
 형수가 양말도 빨아주셨고
 참 세탁기가 거실에 있었죠
 화장실 입구 옆에

그 옆에 오래 된 난방용 라디에이터도 있었고

　형님네 거실 목재 인테리어 색깔까지 기억이 다 납니다"

"나도 이젠 오래돼서

　그 옛집은 하나도 기억이 안 나는데

　덕분에 옛 추억도 생각나고 고맙네"

"그때 형수가 라면도 끓여다 주셨잖아요

　공깃밥도 더 먹으라고 가져다주시고

　그때 TV를 켰는데 뮤직비디오에

　형님이 예쁜 여자애들 걸그룹 나온다고 좋아하셨었는데

　핑클의 데뷔 노래 뮤직비디오였죠…

　이효리가 주택 현관문에 앉아 내리는 비를 바라보며

　노래 부르던 뮤직비디오…"

"우리가 라면 먹으며 TV도 봤었나?

　넌 기억력이 대단하구나… 대단해

　그래 반갑다. 나중에 또 보자…"

네

대단하죠

기억력이 좋아서…

슬프기도 하답니다

길에서 우연히 십오 년 만에 만난
별로 궁금하지 않았던 선배의
기억도 이렇게 생생한데

지금은 볼 수 없는
만날 수 없는
보고 싶은 사람들의
그 많은 기억을
잊지 못하는
나는